LA CONFRÉRIE DES GIFLÉS

www.editions-jclattes.fr

Jean-Luc Gaget

LA CONFRÉRIE DES GIFLÉS

Roman

JC Lattès

Maquette de couverture : Fabrice Petithuguenin
Couverture : Louise Cand
Photographie couverture : © Thomas Barwick/Getty Images

ISBN : 978-2-7096-6940-5

Première édition avril 2022.

« Sauf preuve du contraire,
une flèche n'atteint jamais sa cible. »

Hermann Bloch

Longtemps, j'ai cherché le sens de cette phrase, sollicité les philosophes morts, tancé les psychanalystes vivants, le mien surtout, pour m'éclairer sur ce qu'avait voulu dire mon père dans le bref discours qu'il avait fait à l'enterrement de ma mère. Sur le moment, vu la gravité et l'émotion, légitimes étant donné les circonstances particulières de la mort de Maman, personne n'a cru bon de relever la phrase pour le moins énigmatique de Papa. À quoi bon chercher à la comprendre ? Ce jour-là, je n'en ai parlé avec personne ; d'ailleurs, l'avais-je vraiment entendue cette phrase ? « Sauf preuve du contraire, une flèche n'atteint jamais sa cible. » Je suis persuadé que beaucoup s'interrogent encore : parlait-il de lui ? Aveu de faiblesse bien tardif. De ma mère ? Face cachée de la lune. De l'humanité en général ? Ou alors, était-ce adressé à quelqu'un d'autre ? Depuis, nul n'a réussi à trancher et je n'ai moi-même pas eu le courage d'interroger mon père, sans doute par peur de raviver un deuil encore douloureux, ou simplement par trouille de m'en prendre « une ». Jusqu'au jour où une mésaventure étrange – une « mésange », aurait dit Maman qui affectionnait ce genre de contraction lexicale – m'est arrivée, un soir d'octobre, quelque chose de vraiment inédit : un homme m'a giflé, sans raison. On ne gifle pas sans motif valable, c'est ce que je croyais jusqu'à ce jour. C'est un mystère en tout cas, enfoui au cœur de cette histoire comme un chagrin d'amour dans les lignes de la main.

1

Sur son site Internet, Hervé Dejaembe a mentionné qu'il a deux casquettes : « détective privé » et « plume ». Les casquettes sont apparentes : la première, plutôt américaine avec un gros écusson « *Make Love not War* », l'autre française, un poil avachi sur le devant, en grosse laine, sentant bon la guinguette et le bal musette. Casquette une, l'américaine : résoudre les énigmes en ayant recours à toutes les techniques légales ou illégales. Casquette deux, la *frenchie* : ajuster une syntaxe malhabile, mettre une once de dramaturgie, jouer des temporalités, préciser les enjeux des personnages, trouver la source de sa propre nécessité et, si possible, on peut toujours rêver, saupoudrer un peu de style là où il en manque, c'est-à-dire partout. Le nom du monsieur m'amuse bien, Hervé Dejaembe, j'imagine qu'il est unijambiste ; c'est idiot, et ce serait une drôle de coïncidence s'il l'était, mais ça me donne du courage pour l'appeler. Il répond à la troisième sonnerie, il me dira bien plus tard que c'était par fétichisme : une vieille règle franc-maçonnique idiote. Trois, c'est le triangle, et le triangle, c'est la base sur laquelle tout édifice peut venir se poser, une conversation téléphonique est un édifice. Première nouvelle.

— Baron Dejaembe, j'écoute.

Je m'explique.

— Voilà : un type m'a giflé. Je n'ai pas vu partir la gifle. Il l'a dégainée à la manière de James West dans *Les Mystères de l'Ouest* : même vitesse d'exécution, même impassibilité, même efficacité, avec, j'ai cru voir, une pointe d'ironie nichée pile poil entre ses deux sourcils.

— J'adorais ce feuilleton.

Moi aussi. Je poursuis. Et la même scène me revient, comme une séquence de film qui repasserait en boucle.

— Mon crâne est une cloche fermée, monsieur Dejaembe, et mon cerveau flottant cogne à toute volée contre ses parois. Ce n'est pas pour rien, je le saisis maintenant, qu'on dit « être sonné ». La motivation de cette gifle m'est encore étrangère, je connais à peine son auteur, un type longiligne à fine moustache, parfois avec impériale, parfois sans, qui se fait appeler Nitch et qui laisse croire à tout le monde – ça amuse qui ? – qu'il est de la famille du philosophe allemand. Cependant que mon cerveau sonne ses douze coups, petit bonhomme de chemin ponctuel, j'essaie de trouver un lien entre cette gifle et un motif sinon oiseux du moins concevable : deux opinions difficiles à concilier, clivantes, un malentendu malencontreux, une question d'honneur brutalement rappelée à l'un ou l'autre… Je tente alors de rapprocher cette gifle de toutes celles que j'ai reçues par le passé, et je ne peux que constater l'évidence : toutes les autres gifles avaient de bonnes raisons d'exister, clairement affichées, comme la mention « *Beth Din* » sur les vitrines des épiceries casher, celle-ci non.

Mystère du cerveau humain ou simple coïncidence, toutes ces gifles me reviennent alors en mémoire et viennent se loger dans toutes sortes de classements : les violentes non justifiées, les méritées mal assumées, les injustes revendiquées, les mollassonnes, les sèches, celles qui ont rêvé être des caresses et ont échoué de peu… Mais la gifle nitchéenne ne trouve place nulle part dans ce classement. Elle inaugure de fait une nouvelle catégorie dont l'intitulé reste à définir. Le principe scientifique « action/réaction » insiste bien sur le fait que toute action – une gifle en est un parfait exemple – induit une réaction, et mon père, c'est étonnant quand on le connaît un peu, a basé toute sa vie sur ce principe. C'est une loi scientifique qui n'a, à moins bien sûr d'évoluer dans le vide, jamais été démentie. Je me promets d'y réfléchir. Mais pour l'instant, je suis la proie d'une sensation poisseuse : la mortification. C'est le mot qui me vient, situé à mi-chemin entre mort et fortification. Et je ne sais pas encore si je dois m'en plaindre ou m'en enorgueillir. J'entends mon interlocuteur ponctuer mon pitoyable récit, de petits…

— Hum, hum.

… que j'ai bien du mal à interpréter.

— Poursuivez.

Je poursuis.

— Nitch s'appelle en fait Guillaume Leroux, il est galeriste, je crois, ou plutôt, comme il aime se faire appeler, « commissaire d'exposition », en laissant un gros silence entre « commissaire » et « d'exposition », manière un peu perverse de tester son pouvoir sur l'autre. Un commissaire d'exposition a l'arrogance en sautoir. C'est lui qui choisit les œuvres, les artistes, les thèmes, et rédige le fascicule qui accompagne les expositions auquel personne ne comprend rien. En gros, il amuse la galerie.

— Il amuse la galerie ?

Ça le fait sourire.

— C'est mon impression. La gifle de Nitch a-t-elle une relation avec cette activité ? L'ai-je, un jour, sans m'en rendre compte, rabaissé dans sa dignité de commissaire d'exposition ? Qu'est-ce qu'une dignité de commissaire... d'exposition comparée à celle d'une pompiste ou d'un chargé de clientèle à la BNP ?

— C'est une question à laquelle vous vous devrez de répondre le temps venu.

J'y retourne.

— Je me souviens que je suis debout près du bar d'un bistrot de quartier qui se nomme – j'en vois l'inscription à l'envers sur la vitrine – *La Fourmi*. Je me touche la joue pour en juger la rougeur, il a frappé fort l'imbécile. Je fais demi-tour, puis quelques pas hésitants vers la sortie. Je dois dire ou faire quelque chose, suis-je lâche, amnésique, indulgent ? Masochiste ? Je suis confronté maintenant à une douzaine d'yeux, pour la plupart alcoolisés, qui m'observent en silence, sans agressivité, mais avec un brin de pitié. Un océan de pitié, oui, sur lequel surnage une coque de noix, dernier refuge bringuebalant de ma fierté bafouée. Nitch aussi semble attendre une réponse de ma part, sa gifle s'impatiente, mais l'étendue de mes interrogations m'exclut pour le moment de cette assemblée attentive. Une bonne bagarre générale, type western, serait-elle un spectacle réjouissant pour ce public de choix ? Juste avant de quitter le café, une dernière phrase me rattrape par le col, une phrase en forme de boomerang : « Il s'en va le con ! » Belle voix grave, timbrée, sexy dirait Pat, mon ex-femme, excellent baromètre en sex-appeal.

— Notre monde intérieur, telle une digue, parfois, se lézarde pour bien peu de choses.

Hervé Dejaembe aime les métaphores, comme les enfants qu'il n'a jamais eus.

— Cette phrase : « Il s'en va le con ! », vous était-elle destinée ? Votre… M. Nitch l'a-t-il prononcée ?

— Je préfère croire que non. Que je l'ai pensée très fort dans le seul but de me convaincre qu'elle a été proférée par quelqu'un d'autre. Mais ces quelques mètres parcourus sous la bruine m'ont obligé à un examen minutieux de deux autres gifles que je pourrais finalement ranger dans la même catégorie que celle de Nitch. Deux gifles dont les motivations semblent pareillement mystérieuses.

— Et quelles sont-elles ces deux gifles ?

— La première survient l'année de mes quatre ans, et l'autre, celle de mes douze ans.

— Commençons par la première.

— Les dimanches matin, c'est une douce habitude, je rejoins mes parents dans leur lit pour un câlin qui dégénère souvent, c'est le but, en joyeux chahut. Et ce dimanche-là, je dirais fin mai, l'affaire se conclut par une gifle. La raison de ce geste est si énigmatique que, quarante ans plus tard, il m'arrive encore de me perdre en conjectures sur les motivations de cette agression dominicale. Je reprends le fil du souvenir : mon père, sans doute par jeu, tente de me bloquer sous les draps pour tester ma résistance à la claustrophobie et sans doute mon courage. La panique me prenant, je me débats comme un diable et, pour – ce que je crois alors – mettre fin à mes cris, il me sonne d'une baffe. Sans doute minuscule. Que s'est-il vraiment passé ? Qu'est-ce qui a provoqué cette panique irrépressible et la gifle qui l'a circonscrite ? À quatre ans, on ne peut pas répondre à pareilles questions, on comprend juste que le monde des adultes est incohérent, et on décide, sur-le-champ, de rester à jamais un enfant de quatre ans. Trente-cinq ans plus tard, un psychanalyste avec qui j'ai entrepris une cure jungienne me suggère que j'ai dû, dans le feu de la bagarre – rituel ô combien symbolique –, assener un violent coup de pied dans les « couilles de mon père ». Et c'est ce coup de pied qui, sans doute, provoqua la fameuse gifle. Quand un psychanalyste, jungien de surcroît, prononce l'expression « couilles de votre père » en pleine séance, ce n'est pas anodin, il leste ce mot de sens multiples qui font de cette expression l'équivalent d'un verset apocryphe que personne n'a encore réussi à interpréter. Cette hypothèse fait encore son chemin. Il m'arrive parfois de la valider, et j'en conçois alors, je l'avoue, une sorte d'apaisement suspect.

— Les voies du dogme jungien sont impénétrables. Et la deuxième ?

— Celle-ci survient quand je suis en colonie de vacances en Haute-Savoie. Sports d'hiver pour enfants de pauvres, disait le prospectus. Je ne me souviens plus pourquoi, mais un moniteur et une monitrice m'ont choisi pour *messager* ; je deviens, le temps des vacances de février, le confident de leurs amours clandestines. Je suis dans le secret des dieux. Je fais passer leurs messages avec tact et efficacité : prises de rendez-vous, mots doux aux sous-entendus sexuels qui m'échappent encore, promesses d'éternité conjugale, prénoms des futurs enfants... Léonard ? Ariane ? Depuis, je déteste ces deux prénoms. Couleur des papiers peints de la chambre où seront conçus Ariane et Léonard... Jusqu'à un dimanche soir où le moniteur, il s'appelle Joël, sans doute fatigué de cette femme ou même des femmes en général, m'exhorte de prévenir le directeur pour qu'il fasse cesser les harcèlements qu'il prétend subir de la part de son ex-prétendante. Mais la plainte se retourne contre moi, la monitrice, elle s'appelle Roberte, vexée, s'en prend à la seule personne qu'elle peut gifler en toute impunité : moi, le traître total, le messager de la honte, et me balance une sorte de baffe molle qui ne sera pas sans conséquences sur mon approche future des relations amoureuses.

— Molle ?

— Oui, le monde des adultes est non seulement incohérent, il est aussi injuste. J'en ai maintenant la preuve, monsieur Dejaembe. Roberte vient de me le révéler avec cette deuxième gifle. Son prénom reste gravé dans ma mémoire, et la future Roberte que je croiserai sans doute un jour a intérêt à y réfléchir à deux fois avant de venir au monde, je l'attends de pied ferme. Mon psychanalyste, jamais avare en bavardages – n'est pas jungien qui veut –, suggère que Roberte fait penser à « Robe Verte » et, me forçant à me titiller la mémoire, déniche dans mes souvenirs, l'année de mes cinq ans, une « robe verte » portée par ma mère à l'occasion d'une sortie en forêt, une robe verte sur fond vert, ce n'est pas rien. Et cette Roberte ne serait donc, selon lui, que le bras armé de ma mère, punissant par là même ses névroses incestueuses. Les inconscients étant poreux, poreux et mal immunisés contre les perversions de toutes sortes, c'est une interprétation que j'accueille bien volontiers. La peur d'être un jour congédié par mon psychanalyste est – je suis lucide – la raison de cette complaisance coupable.

J'entends Dejaembe se racler la gorge :

— C'est bien trop tôt pour le faire.

J'en viens alors aux funérailles de ma mère. Je ne sais pas pourquoi je le fais, sans doute est-ce le talent de ce bonhomme et son écoute hors normes. Je lui relate le discours étrange de Papa et cette phrase qui n'avait rien à faire ce jour-là : « Sauf preuve du contraire, une flèche n'atteint jamais sa cible. » Mais Dejaembe ne réagit pas à cette révélation insensée et, la nature ayant horreur du vide, je me perds dans des petites rancœurs, des choses anecdotiques, et doucement je glisse, sans me rendre compte que le portrait que je fais de moi est tout bonnement affligeant.

Quand je raccroche, je prends conscience de l'absurdité de ma requête : trouver l'intention secrète d'une gifle donnée par un commissaire d'exposition. J'imagine alors ce M. Dejaembe se précipiter en ricanant dans le bureau de sa secrétaire pour lui en raconter une bien bonne :

— Esméralda ! Encore un tordu ! Les gens sont de plus en plus dingues, surtout dans les grandes villes.

Oui, se déconnecter de la nature n'est pas sans risque, on le vérifie tous les jours. La pollution a ses vertus, mais elles sont limitées. Mais un unijambiste peut-il se précipiter dans le bureau de sa secrétaire sans risquer une chute dantesque ? Difficile à croire. Une secrétaire qui de surcroît s'appelle Esméralda.

Par deux fois, j'ai recroisé Nitch. Une fois chez Korsach, l'épicier, et l'autre fois quand il accrochait son vélo à un poteau avec trois antivols, et les deux fois, il a fait mine de m'ignorer, ou plus simplement il m'a ignoré. Ni la peur, ni la culpabilité ne paraissaient l'habiter, encore moins le remords, il portait ses habituelles tongs, signe ostensible de sa nonchalance, et du peu de cas qu'il fait des autres. J'ai bien tenté d'engager la conversation avec lui, mais l'inspiration m'a fait défaut. Que dire à son bourreau ? Le sous-entendu tout en délicatesse – c'est mon arme favorite – est inefficace, l'agression frontale, impraticable pour moi en l'état, la dénonciation aux autorités, absurde. Cet homme est une voie sans issue.

2

Je m'appelle Jérémie Soldatini, ce qui veut dire « soldat de plomb » en italien. Je ne suis pas d'origine italienne même si mon patronyme le suggère, j'ai fouillé ma généalogie à fond et mes racines ne sont pas si exotiques : je suis natif de la Sarthe, un département que peu d'Italiens prennent la peine de visiter. La pizza à la rillette reste à inventer. À une époque, c'est vrai, je l'avoue, j'ai abusé de cette rime italienne pour séduire celles qui s'imaginaient déjà se prélasser au bord de la piscine de notre demeure familiale en Toscane. La Toscane n'est plus une option pour moi. J'ai renoncé, je crois, aux faux-semblants, et chaque matin, je passe trois minutes chrono face au miroir de ma salle de bain à débusquer les traces de l'Illusion, celle avec un grand « I » qui a fait tant de mal à nos jeunes années.

Je suis chroniqueur politique sur une radio périphérique. Chaque matin entre six heures cinquante-trois et sept heures, je commente la fièvre politicienne, prends la température de cette confrérie électrique, pointe les petites phrases, analyse le sous-texte idéologique, mets les luttes de pouvoir en exergue, et tente d'élever l'objectivité au rang des beaux-arts, le tout avec un sens de la dérision tout personnel. Bref, je donne mon opinion dans un monde où donner son opinion équivaut souvent à faire pisser son chien sur les chaussures de son voisin.

— Vous avez fait vos études à Science Po ? Forcément.

Cette question, on me la pose très souvent. On m'imagine comme sortant d'un moule, pâte molle qu'un passage au four institutionnel a rendue briochée, voire marbrée. L'image est dramatiquement juste. Le « forcément » trimbale avec lui son lot pesant de fausses connivences et sous-entend que je doive tout à cette école prestigieuse, que mon sens critique, ma culture politique, ma capacité d'analyse, mon inclinaison si sûre pour le décryptage des dogmes rances me viennent de là. Eh bien non, je n'ai pas fait Science Po et Science Po ne m'a pas fait, comme on dit à Science Po. J'use un peu trop de cette boutade, on me le reproche assez. J'ai quitté la rive des études juste après un bac arraché de justesse. Pour faire court : je suis un autodidacte de la politique. J'aime ce mot, autodidacte, et c'est sans doute grâce à l'affection pour ce mot de quatre syllabes trébuchantes, au-to-di-dacte, que je le suis devenu, autodidacte. Qu'un mot puisse dessiner un destin, ça étonne toujours un peu. Forcément. Mais les mots nous façonnent, plus que nous ne l'imaginons. Héron, clavicule, option, établi… voilà des mots qui à eux seuls évoquent un dessein, suffit d'en ouvrir le sens, comme on vide un poulet ou dépèce un lapin.

Petit, déjà, j'écoutais les discours des femmes et des hommes politiques, sans bien en comprendre le sens, mais je percevais chez eux un élan, une conviction, une âpre conscience de briller comme disait un philosophe allemand, qui devint bientôt ma drogue favorite. Regarder les autres briller. Ce serait ma vie. Plus tard, je me suis souvent essayé à étudier le carburant propre à l'homo-politicus. J'en suis arrivé à ce constat en forme de camembert.

• Vingt pour cent d'intérêt pour la chose publique et autre destinée de la nation.

• Vingt pour cent d'une disposition fâcheuse pour les honneurs et ses breloques.

• Dix pour cent de pure vanité à composter direct. Le lombric adore ce goût.

• Cinq pour cent de noble orgueil, nectar des nectars.

• Et quarante-cinq pour cent d'une sévère addiction à cette drogue dure qu'est le pouvoir, qui, à lui seul, explique une prédisposition au travail bien supérieure à toutes les autres activités humaines. La cocaïne, l'héroïne ne sont rien à côté du pouvoir, ce poison qui se diffuse dans les veines d'un élu, le soir de son élection.

Les émissions de débat du mardi soir, que je suivais de derrière la porte de la cuisine où était posée la télé, étaient mes favorites, surtout *Cartes sur table*, une émission plus palpitante pour moi que le plus palpitant des thrillers américains. Mes camarades de classe préféraient *La Guerre des Étoiles*. Mon père se souvient que, quand j'avais huit ans, à la question classique :

— Qu'est-ce qu'il veut faire plus tard, ce gamin ?

Je répondais invariablement :

— Adjoint au maire d'une commune de moins de cent mille habitants.

Mon père, toujours lui, a bien essayé de m'insuffler un peu d'ambition :

— Fais au moins « député » pour les avantages en nature, la berline, l'assistant parlementaire. Ou bien « maire », pour l'écharpe tricolore et les mariages. Ou « sénateur », pour les promenades en déambulateur au parc du Luxembourg.

En vain. Finalement, comme un musicien à l'oreille limitée finit critique musical, j'ai fini chroniqueur politique. C'est sans doute cela qui m'a retenu : une certaine disposition que j'ai, sans mauvaise conscience, à la contemplation et une forme d'inactivité qui n'en a que le nom. L'homme d'action est chez moi tapi dans la profondeur de mon inconscient comme le monstre l'est dans celle du Loch Ness, et les questionnements sur leurs deux existences donnent lieu, c'est connu, à d'infinis atermoiements. N'est-on pas finalement que le contraire de ce qu'on donne à voir, ou bien ce qu'on donne à voir n'est-il pas le masque d'une identité en robe d'oignon ? Couche après couche, nous nous étonnons de tous ces personnages qui nous habitent. Vertige des philosophes sans formation et des phrases trop longues, contrairement à l'inconscient, il n'y a jamais eu de monstre dans le Loch Ness.

3

Pat, mon ex-femme, qui est souvent de bon conseil quand il s'agit de séparer le bon grain de l'ivraie, me suggère, plutôt que de me mettre dans des états pareils, et cela sans prendre en compte la lave qui bouillonne sous mes pieds, de commencer par questionner les témoins directs de la fameuse gifle, et pourquoi pas son auteur, sa famille. Tout bon policier commencerait par faire ça, au lieu de disséquer une grenouille trouvée morte trois ans plus tôt à trois kilomètres de la scène de crime. Cette façon de raisonner par capillarité exaspère beaucoup mon ex-femme. Pat préfère, de loin, les méthodes traditionnelles, celles qui nécessitent courage, lucidité, confiance et estime de soi, quatre caractéristiques qui ont été incontestablement négligées lors de l'assemblage de mon ADN. Elle a raison, à force de sonder le futile, il est probable que l'essentiel m'échappe à jamais. L'idéal serait de suivre sa recommandation, et donc de tripatouiller mon ADN en conséquence. Il y a aussi le meurtre, le sanglant, reste à savoir si cela en vaut la peine. Je me le demande parfois. Mais pour tuer qui, au juste ? Quel démon à portée de main ? Quel bourreau ? Quelle victime ? Autre solution : engager le baron Dejaembe pour faire le boulot à ma place. Et donc casser mon PEL pour le rémunérer : ADN + PEL = CQFD.

Rendez-vous est donc pris à *L'Églantier rieur*, un bar situé à l'entresol d'un immeuble du douzième arrondissement dont on m'a déjà parlé : « Ça sent fort le salpêtre, les amours furtives et la cacahouète. » Un mélange finalement assez tropical. La cacahouète aussi est furtive, ce n'est pas à négliger. Point n° 1 : Hervé Dejaembe n'est pas unijambiste, c'est une évidence quand on a deux bons yeux. Point n° 2 : nous arrivons en même temps, et notre apparition à l'entrée du bar, tous deux vêtus de la même chemise couleur orange, déclenche quelques sourires qu'il efface d'un cinglant :

— Quelqu'un a un problème avec la couleur orange ?

Personne n'en a plus, soudain. Comme de Gaulle en 69.

Hervé Dejaembe me dévisage d'un air protecteur.

— Vacances au Bénin ? il dit en désignant ma chemise.

— Ma voisine du dessous, oui, en février.

— Et moi ma mère, en mai dernier. Le Bénin a la cote en ce moment, qui aurait pu l'imaginer ?

Quant à moi, jamais je n'aurais pu imaginer qu'un tel bonhomme eût une mère ; les gros, les laids et les vieux suscitent souvent ce genre d'a priori.

— Je sais ce que vous pensez, mais j'ai effectivement une mère : ma môman.

Il éclate de rire. J'aime bien son rire, il n'est pas contagieux certes, mais il est réparateur, c'est un baume. Sinon, Hervé Dejaembe est un être exquis, une masse d'un mètre quatre-vingt-dix et cent vingt kilos minimum, d'une laideur désarmante, avec un air mutin à la Billy Idol verrouillé au coin de la bouche, quoi qu'il arrive. « Ce n'est pas encore aujourd'hui qu'on marchera sur Dejaembe » est sa plaisanterie favorite, et son rire, toujours le même, un rire de petit garçon qui n'aurait cessé jamais de vouloir émerveiller sa maman. Et un débit intarissable avec cette manie toute personnelle de peser sur le troisième mot de chacune de ses phrases.

— [1]Une [2]technique [3]empruntée à la maïeutique…

À droite, à gauche, Hervé Dejaembe emprunte comme un fou, il pense que les emprunteurs sont les vrais inventeurs, et que le copyright est une escroquerie. L'emprunt est la meilleure des stratégies pour réussir sa vie.

— Très marrante votre histoire de gifle ! J'adore ce genre d'énigme. Tenez ! J'ai connu un homme qui avait parié avec sa femme qu'il la tromperait avant qu'elle ne le fasse elle-même. Osé !

Il éclate de rire et j'entrevois le petit garçon qu'il était, et les yeux grands ouverts de sa maman admirative qui pense tout haut : quelle chance d'avoir mis au monde pareille merveille !

— Alors, autant vous le dire tout de suite, je suis partant à cent cinquante pour cent. Ça m'amuse bien votre affaire. C'est inédit. On sent qu'elle en a sous le pied votre affaire. Je me fais fort de résoudre ça.

— Tant mieux.

— On vous a dit que j'étais un vrai noble ? Un aristocrate.

— Vous êtes vraiment baron, donc ?

— Sang bleu, mon cher. Sang bleu à tous les étages, rez-de-chaussée et cave compris. Mon vrai nom est « de », plus loin : « Jaembe », « de Jaembe », « baron Hervé de Jaembe ». Mais, alors que certaines têtes de nœud se font rajouter une particule pour faire plus chic, on en connaît tous, moi, je me la suis fait raboter, ma particule. Se faire raboter la particule, j'adore. Pour faire ?

— Moins chic ?

Il confirme d'une moue réjouie.

— Exactement. « Faire moins chic » est mon Éden. Mais raboter ma particule légalement, s'entend, chez un notaire, en grandes pompes, n'est pas une mince affaire. Grande confiance en soi, non ? Certainement. Et psychologiquement, ça a des conséquences, ça va de soi, une certaine propension à la réconciliation avec les branches les plus basses de l'humanité. C'est inscrit sur mes papiers : Dejaembe. À la base, c'est un pari fait avec un voisin d'IDTGV ZAP. Ma mère a hurlé à la trahison bien sûr. Moi, le dernier d'une lignée datant de Louis XI, je vouais ma dynastie à l'oubli. De toute façon, je n'ai pas d'enfant, je n'en aurai jamais. Rien que le mot : « descendance » me fiche le tournis. Les gros dans mon genre sont comme ça. Descendre d'un gros, quelle tannée. Alors… Maman m'a menacé de me déshériter, ma mère est une farceuse dans son genre. Pour ce qu'il reste de son héritage : un demi-immeuble – côté rue – dans le septième… Rue du Laos. Voyez, votre histoire de gifle, à côté, c'est de la… Comment on dit ? Si…

— Roupie de sansonnet ?

— Exactement. Les Allemands n'ont pas d'expression équivalente. Ils ne s'en portent pas plus mal d'ailleurs.

Il éclate de rire, et commande deux « panachés » bien blancs. Je ne dis pas non. Il sort un calepin Hello Kitty première génération aux pages quadrillées de rose sur lesquelles j'aperçois plusieurs points d'interrogation entourant le mot « vertige ».

— Vous êtes sujet au vertige ?

La question m'étonne un peu. Elle vise juste pourtant.

— Oui, pourquoi ?

— C'est bien ce que je pressentais. Votre intonation au téléphone : une peur, palpable, de terminer ses phrases comme elles sont programmées pour le faire, comme si un précipice menaçait de les happer et de leur en confisquer à jamais le sens. Refoulement de force majeure. L'an passé, j'ai résolu une affaire similaire à la vôtre.

Il me raconte l'histoire : celle d'un homme qui avait le vertige justement et vivait très mal ce vertige, comme le symptôme de son infériorité, ou de sa médiocrité, voire de son complexe de classe.

— Il ne faut pas négliger les complexes de classe, ils nous ont donné nos dictateurs les plus féroces.

À ce moment-là de la conversation, je me mets à douter qu'Hervé Dejaembe soit sérieusement « détective privé ». Je me dis que j'ai dû mal lire son site, que la double casquette est une coquetterie. Cette erreur est un signe du destin, car une chose est sûre, le baron Dejaembe est mon homme, lui seul saura démêler les fils de mon problème de gifle, de mon problème tout court. Je suis perplexe. J'adore cet état, c'est un peu, pour moi, comme un orgasme du cerveau. Un éternuement cérébral. Hervé Dejaembe est le genre de personne qui me met dans cet état. Elles sont rares. Je ne comprends pas tout ce qu'il dit, ses raisonnements sont ouatés, abscons, mais ça m'excite.

— Vous aimez les femmes ?

— Comment ça ?

— Je précise ma question : comment vous les aimez ?

Ça demande réflexion. Je suis sur le point de lui parler des femmes de ma vie mais je m'abstiens, il l'a senti, ça le pousse à creuser cette veine, comme l'aiguille de l'infirmière qui doit vous prendre votre sang et qui cherche sans se décourager l'endroit pour piquer.

— Moi, je les adore, les femmes. Les croquer, les regarder, les caresser, imaginer que je les caresse, imaginer qu'elles imaginent que je les caresse, leur faire l'amour. Mon problème, mais en est-ce un ? C'est que je les veux toutes, pas « veux », désire plutôt, convoite, que toutes me plaisent, celle-là à cause de sa nuque en porcelaine, celle-ci pour son regard noisette qui me fait chavirer, et celle-là pour la rondeur parfaite de ses fesses pachydermiques, et leur esprit ! Leur courage ! Leur classe ! Leur chevelure ! Leur ventre… Leur nombril. Leur allure : ça gambade, ça trottine, ça flâne, c'est supérieurement intelligent, mais ça minaude, joue les idiotes, c'est un délice pour les sens. Malheureusement avec mon physique, la chasse bien qu'ouverte toute l'année est ardue… Quoique… J'ai de belles pièces à mon palmarès. Et toujours des surprises. Ne croyez pas que je sois misogyne même si j'en ai l'air. Vous voyez cette actrice ? Je ne me souviens plus de son nom. J'ai écrit un roman pour elle. Elle joue dans une série TV, elle est avocate dedans, elle travaille pour son beau-père, couche avec aussi… Bref ! Eh bien… oui. Moi et elle. La passion. Quelque chose qui y ressemblait. Déconcertant, non ? J'ai refourgué le texte, en l'adaptant un peu, à une nageuse qui venait de lire *Madame Bovary* d'une seule traite et qui avait décidé de devenir « Flaubert ». Elle a eu un prix avec ce roman d'ailleurs, le Prix Plongeoir du Cinq Mètres de la Meilleure Première Œuvre écrite par un champion de natation. Je n'invente rien, ça existe. Tout existe, et c'est bien ça le malheur. Comme quoi… Les femmes, elles aiment avant tout qu'on s'intéresse à elles, qu'on les aime, et je les aime. C'est ça le secret. Il y a tant d'hommes qui ne les aiment pas. La plupart. Mais je suis là. Vous savez pourquoi tant de femmes sont si malheureuses en amour ?

— Non !

— Parce que je ne peux pas être partout à la fois.

Il éclate de rire de nouveau. Et là son attention se détourne de moi. Son expression a changé. C'est un félin maintenant. Une femme vient d'entrer, elle retrouve un homme au bar, un homme roux que, visiblement, elle ne connaît pas encore. Elle n'a rien d'exceptionnel. Je n'existe plus. La femme du bar surprend son regard insistant, il rougit et lui fait un vague clin d'œil, si vague qu'il n'y a que moi qui l'ai vu. Le baron contemple la femme qui n'a rien d'exceptionnel, toujours installée au bar, sur un tabouret géant à pattes de mouche tout près de l'homme roux qui lui chuchote à l'oreille des bouts de phrases toutes en points de suspension.

— Vous avez remarqué ? dit-il, sans la lâcher des yeux.

— Quoi ?

— Ses deux petites rides autour de la bouche. C'est extrêmement émouvant, non ? On ne leur dit pas assez. Mon père savait très bien décrypter les premières rencontres. Elles présentent, disait-il, des caractéristiques particulières qu'il a théorisées sous forme de concept intitulé : « sentiments croisés ». Lors d'une première rencontre amoureuse, disait-il, les affects basiques se croisent, et s'expriment par leurs opposés. L'aisance devient le porte-parole de la timidité, le mutisme celui de la volubilité, l'agressivité celui de la peur, etc. La première rencontre crée tout un échafaudage de compensations qui se frottent l'une contre l'autre et qui produisent l'énergie la moins polluante de la planète. Mais l'échafaudage est instable, et c'est ce qui, bien sûr, le rend remarquable au premier coup d'œil.

— Il faisait quoi votre père ?
— De la haute voltige.
— Il en vivait ?
— Non, mais il en est mort.
— Ils en meurent tous, un jour ou l'autre.

Dejaembe semble vraiment très ému tout à coup. Je ne sais pas quoi dire. Il en paraît presque maigre. Je repense alors à la gifle, celle donnée par mon père. Il me vient soudain l'idée insensée que les deux gifles, celle de Nitch et celle de mon père, puissent se faire écho. Je ne crois pas à la réincarnation des êtres humains, c'est trop dégoûtant ces mélanges aléatoires d'ADN, mais sans doute celle des gestes est possible. Un geste est éphémère, il meurt, et aucun cimetière d'aucune sorte ne récupère sa dépouille, donc il se réincarne forcément en quelque chose : un autre geste. Un coup de poing renaît sous la forme d'un claquement de doigt, une caresse sur la main devient un déhanchement, une bise un bras d'honneur. Les possibilités sont infinies. Et la gifle paternelle, qu'est-elle devenue ? On appelle ça un *lapsus manus.* Hervé Dejaembe est la seule personne capable d'écouter ce genre de théorie jusqu'au bout.

— Mieux qu'écouter : j'achète, il dit. Je n'y avais jamais pensé. La science de l'investigation vient de faire grâce à vous un bond énorme, cher ami. Si votre théorie de la métempsychose des gestes se révèle exacte, vous venez sans doute de trouver la solution à votre problème. Il suffit de remonter le temps des réincarnations successives de la gifle qui vous tracasse, et le tour est joué.

Il tourne la tête vers la femme du bar, celle-ci est en train d'embrasser son roux d'homme, un baiser assez élégant. Dejaembe regarde sa montre, et prend un air affligé.

— Douze minutes quinze entre leur arrivée et ce premier baiser. Une histoire d'amour étant tout entière dans sa genèse, je peux déjà vous dire que cette histoire est sans avenir. Dans trois mois, elle tombe enceinte, il ne veut pas de l'enfant. Elle avorte. Ou pas. Il la quitte. Et c'est le début de la fin. Il finira avec une moustachue, et toute sa vie regrettera de l'avoir embrassée si vite. Douze minutes quinze, merde. Laisser passer au moins vingt-quatre heures, minimum. Quant à elle, un homme dans mon genre la sauvera du désastre en lui redonnant confiance en elle. Elle finira dans une maison à l'île de Batz avec un marin unijambiste et fou d'elle.

— Pourquoi unijambiste ?

— Parce que fou d'elle, cher ami.

Je n'y avais pas pensé.

— Je suis aussi là pour ça.

Il éclate de rire. Hervé Dejaembe est le premier à rire de ses plaisanteries, souvent le seul, constaterai-je bientôt. C'est comme ça, paraît-il, qu'on reconnaît les imbéciles, ou les précurseurs. Nous nous quittons, il repart avec un bout de mon PEL, et moi, avec la promesse d'une résolution de mon affaire. Il se donne trois jours. Il promet un trois-quarts temps. Je sens alors toute la fragilité de ses kilos en trop, de ses démons. Les clients se retournent sur nous. Nous : la secte des porteurs de chemises orange.

4

Un ami – mais un ami est-il un ami pour relayer pareille rumeur ? – me raconte une chose incroyable : Nitch et Renée ont été amants. Combien de temps, il ne sait pas, mais la durée importe peu, l'image est là, et elle va me hanter encore très longtemps. Nitch et Renée, ces deux noms ne vont pas ensemble, Renée et Nitch, dans un sens comme dans l'autre, pas la peine de le hurler, le chuchoter suffit, c'est une évidence.

Renée loge dans un minuscule deux-pièces en sous-location, et la copine qui le lui a laissé peut revenir d'un jour à l'autre d'Argentine ou du Pérou, Renée le sait mais n'est pas stressée par cette incertitude bien au contraire. L'incertitude est son carburant. Finalement, la sous-location, c'est ce qui caractérise le mieux Renée. Renée est une fille « en sous-location » comme il y a des filles « en colocation » ou encore des filles « hébergée à titre gratuit ». Si on cherche bien, toute la vie de Renée lui a toujours paru en sous-location : des parents qu'elle a imaginés très tôt n'être pas vraiment les siens, un frère aîné qui fume comme Houellebecq, c'est son idole, une sœur qui a fait du roller en ligne sa ligne de conduite, et deux meilleures copines qui, comme par hasard, elles aussi, sont en « sous-location ». L'autre chose qui caractérise bien Renée, c'est sa franchise, ou plutôt ce qu'elle croit être de la franchise mais qui n'est qu'une fâcheuse tendance à balancer ses quatre vérités au premier venu, par pure sauvagerie. Ses poussées de franchise sont rafraîchissantes quand on en est le spectateur privilégié, mais elles ont pour immédiate conséquence de réduire son cercle d'amis.

— La vérité est une hyène, et les gens craignent la vérité, parce que justement, c'est une hyène.

Elle n'a pas tort. L'humeur que Renée préfère chez elle se situe exactement à mi-chemin entre la deuxième et la troisième bière bues chaque vendredi soir dans son bar favori, le *La Fourmi.* Dans ce laps de temps souvent court, Renée atteint un degré de clairvoyance qui fait souvent défaut au quidam de base, et cette clairvoyance lui fait sentir l'étendue de son désespoir. Trois lettres clignotent au-dessus d'elle : S, O, S. Seule. Obstinément. Seule. Ce que pense vraiment Renée à ce moment-là de sa propre vie, elle préfère ne pas en parler au risque de s'effondrer en larmes avant d'attaquer sa quatrième bière. Elle sait que sa vie est pleine de vides, même si cela est scientifiquement impossible, et que parfois les vides se rejoignent dangereusement comme un gruyère existentiel. Car côté « amoureux », Renée est très exigeante, ce que tous considèrent comme une qualité rare, mais quand on interroge ses derniers fiancés en date, et qu'on leur pose la question : « Qu'est-ce que vivre avec Renée ? » les réponses vont de « épuisant » à « éprouvant », on relève deux ou trois « pénible », les pragmatiques s'arrêtent à « fatigant », ce qui n'est pas forcément négatif. Pourtant, ils tombent tous amoureux d'elle avant la cinquième bière. Son aplomb vacillant, sa drôlerie stratégiquement approximative, son ongle de pouce rongé et cette capacité unique à faire briller ses yeux quand elle veut qu'on s'intéresse à elle, forcent le respect de tous et de toutes. Certains appellent ça « du charme », j'aurais tendance à carrément nommer cela « la grâce ». Au Moyen Âge, j'en suis certain, Renée aurait fini sur un bûcher, et nul besoin d'un évêque Cauchon pour allumer le premier fétu de paille, Renée l'aurait fait elle-même, elle n'attend rien des hommes. Renée a aussi essayé les filles, mais elle a trouvé ça… :

— Pas mal, sans plus… Les seins, ça fait bizarre.

Renée est un trou noir, elle vous aspire, elle est un Big Bang à l'envers à elle toute seule. Quand

Renée se trouve trop grosse, trop vacharde ou « à côté de la plaque », c'est pour mieux nous convier dans son monde à elle. Prêchant le faux pour savoir le vrai, elle n'aime rien tant que faire mine de tomber du haut de son presque un mètre soixante-deux. Ses mimiques sont au nombre de trois : yeux ronds, joues gonflées, sourcil en pointe, trois mimiques qui disent tout et son contraire avec une précision chirurgicale. Renée n'a pas de style vestimentaire, elle pratique le mélange des genres avec rigueur, sa seule aversion va aux strings qu'elle considère avec la burqa comme le summum de la soumission des femmes au pouvoir exorbitant des hommes.

— En plus, ça gratte dès qu'il fait trop chaud, le string pas la burqa !

Quand un de ses fiancés un jour, Nitch à coup sûr, lui en a offert un, pour rigoler, elle s'en est servie comme d'un lance-pierre et a manqué, tel David contre Goliath, de lui crever le troisième œil, celui qui surveille les arrières chez les fourbes de son genre. Au fait, Renée aime bien la bière brune, un peu épaisse, mais après la sixième, elle ne se souvient plus de rien. Elle oublie qu'elle a bientôt trente-trois ans passés : pas de stage fixe, pas de copain fixe, pas d'animal de compagnie fixe, rien de fixe du tout à part cette méchante idée que rien ne va dans sa vie. Comme les autres, je suis tombé amoureux d'elle au premier coup d'œil. Et ce fut mon erreur. Dans dix ans, voire dans une autre vie, je penserai sans doute que ce fut ma chance, l'effet cathartique, mais qui achète un billet de Loto pour un tirage dans dix ans ? Moi seul, probablement, c'est pour ça qu'ils ont abandonné cette idée. Si je me remets à penser qu'il y a un rapport entre la gifle de Nitch et la Renée que je connais, j'ose dire « ma Renée », je sens confusément un magma de lave bouillonner sous mes pieds. Je ne peux imaginer que Nitch et Renée aient pu charnellement converser – c'est-à-dire baiser, j'ai du mal à dire ce mot aussi –, cette idée m'est proprement insupportable. Voir leurs corps nus confondus est au-dessus de mes forces. Ça y est, l'image est là ! C'est fait et c'est insupportable. Penser que j'ai pu sur elle, là ou là, respirer sans m'en rendre compte l'odeur de Nitch – molécule flottante pénétrant ma narine tel un cheval de Troie inique – me fait dresser les poils sur les bras du haut. Non, il y a mille raisons à la gifle de Nitch, mille, et Renée ne peut être l'une d'elles.

Stop ! Je dois évoquer ici quelques moments de bonheur avec Renée, des heures douces, intenses comme un arc-en-ciel en décembre. Couchés sur le papier, ces moments auraient deux avantages ; le premier serait de dénicher des indices concernant Nitch, et l'autre de mettre à l'extérieur de moi la douleur nichée à l'intérieur, et donc de fait, l'extirper de mon corps comme un hoquet insistant.

Bref ! Faire de la place pour d'autres chimères qui ne demandent que ça. Non. Je ne suis pas prêt à ce genre de chirurgie. Penser à Renée plus d'une minute par jour est une torture. Une douleur qui est souvent le seul bien que l'on possède vraiment, et c'est un délice pour moi d'en être l'unique propriétaire. Notre relation s'est terminée assez vite, et assez brutalement, et sans vraiment d'autres explications que :

— J'ai besoin d'air bordel.

Renée a un don, elle réussit pendant un temps très court à vous faire croire que vous lui êtes la personne la plus importante au monde. Renée est une sorte de miroir magique. Magique puisque insouciante et inconsciente. D'autres disent d'elle : inconséquente chronique. Je ne le pense pas. Je crois même qu'elle m'aime bien, mais qu'elle ne sait pas qui de moi ou d'elle est vraiment le plus malheureux sur Terre et le mieux armé pour y faire face. Une tautologie pour conclure, ça soulage : elle est comme elle est.

5

J'entends ses sanglots, hoquetants et pathétiques, à l'autre bout du fil. Sa photo est apparue sur l'écran vibrant de mon portable, elle fait un doigt d'honneur, son œil droit est fermé, l'autre est frondeur. Renée m'appelle, c'est intempestif comme toujours. Le temps pour elle n'est pas le même que pour nous autres. La dernière fois que je l'ai vue, c'était en février dernier, un mois et demi avant l'épisode de la gifle, j'en ai encore des frissons. Je décroche. Il est une heure du matin, elle me dit qu'elle est au café *La Fourmi* justement, elle a besoin de me voir, c'est urgent, quelque chose à mi-chemin entre la vie et la mort. J'explique qu'il est tard, que je dois finir ma chronique politique du lendemain et que je sèche sur un projet de loi auquel je ne comprends pas grand-chose. Elle promet de m'aider à finir ma copie dès qu'elle m'aura expliqué son problème. Je sais bien qu'elle n'y connaît strictement rien en politique, mais devant son insistance, je négocie pour qu'on se retrouve dans un autre endroit, je ne suis pas encore armé pour retourner à *La Fourmi*. Elle propose *La Cigale*, situé de l'autre côté du carrefour. Je capitule. Dix fois tu capitules, dix fois tu remets ton pull, dit le proverbe.

Quand j'arrive à *La Cigale*, Renée entame sa cinquième bière. Elle porte une sorte de gilet d'homme à même la peau, assorti à une casquette de poulbot, elle a abusé du maquillage, et ressemble à la version punk rock de *La Petite Fille aux allumettes* du conte d'Andersen. Elle est irrésistible. Je m'en veux déjà d'être là. Un sourire caché derrière une rangée de larmes achève de me convaincre que la seule façon pour moi de vivre tranquille est l'isolement au cœur d'une forêt ou en haut d'une montagne, la nature comme composant unique de l'altérité : devenir anachorète à temps plein et oublier l'humanité entière. Renée se fout de mes ambitions monastiques, elle a pris une décision pour la suite de son existence. Elle a besoin de mon avis, le seul qui compte à ses yeux en ces heures douloureuses.

— J'ai réalisé ce matin que j'étais sur une pente descendante.

La métaphore skylistique opère ensuite une mutation vers l'explosivistique : un compte à rebours s'est déclenché dans sa tête depuis peu, elle sait que ce sera bientôt trop tard pour reprendre en main sa vie qui fuit de partout.

— Se reprendre en main, c'est quoi au juste ?

Elle m'explique. Elle lit partout, c'est comme une obsession, sur les affiches de publicité, des phrases qu'elle imagine écrites par Dieu lui-même pour elle et elle seule, et l'une de ces phrases, un slogan pour une pub vantant un déodorant aux extraits de girofle, a provoqué l'étincelle : « Votre principal défi, c'est vous. » Dans un monde où tout va tellement trop mal, où les espoirs de grands soirs et les illusions planantes font du rase-mottes, Renée en est convaincue : sa vie ne lui appartient plus, d'où l'idée d'une reprise en main. Le préambule est convaincant, la suite me fait peur.

— Voilà mon programme : chaque matin qui vient sera l'aube d'un nouveau défi. Et toutes ces aventures mises bout à bout me projetteront forcément dans une vie nouvelle : la mienne, enfin celle que je n'ai pas vécue, et que je risque de rater. On a tous en magasin pléthore de remords qui se nourrissent de nous comme des petits gorets. Voilà mon programme, en vrac : réaliser un fantasme tordu, débloquer une phobie, affronter une peur d'enfance, suivre son instinct, tenter n'importe quoi… Et construire avec tout ça. Et ne plus jamais dépasser la deuxième bière. Et ne plus rien regretter.

Sauf peut-être de n'être pas tombée définitivement amoureuse de toi.

— Ne dis pas ça, tu te fais du mal, je dis avec une ironie deux tailles trop grande pour moi.

— Tu comprends, je suis sûre que tu comprends ces choses-là, toi.

— Moi, je comprends tout si on ne cherche pas à me faire du mal.

— C'est bien ce que je disais.

Sur une feuille blanche, écriture automatique oblige, elle a jeté une liste d'exercices à faire chaque prochain jour.

— Dix jours pour changer ma vie. T'en penses quoi ?

— Comme slogan électoral, pas mal.

Je lis la feuille. Elle insiste pour que je la lise…

— … À haute voix !

— Exercice numéro 1 : sonner nue chez mon voisin homo.

Exercice numéro 2 : faire la toilette d'un petit vieux, le masturber.

Exercice numéro 3 : pourrir la vie d'une petite famille sympathique.

Exercice numéro 4 : faire la queue à Pôle Emploi.

Exercice numéro 5 : faire du yoga dans un cours « homme ».

Exercice numéro 6 : faire un coming-out.

Exercice numéro 7 : voler un œuf.

Exercice numéro 8 : se réconcilier avec un parfait inconnu.

Exercice numéro 9 : suivre toute une journée le premier venu.

Exercice numéro 10 : annoncer à ma mère que je ne suis pas sa fille.

À vrai dire, cette liste me paraît aussi hermétique que le projet de loi dont je dois rendre compte pour mon édito du lendemain. Mais, dans une demi-heure, le bar va fermer, et à tous les coups, Renée va m'embarquer chez elle pour me détailler son plan d'attaque. Il faut que je parte sur-le-champ. Les retrouvailles avec sa chambre, et les odeurs sucrées qu'elle exhale, vont, c'est sûr, me mettre dans un état d'excitation incroyable. J'en aurai les larmes aux yeux, elle sait comme je suis ridicule quand je me transforme en pousse d'épagneul. Elle insistera pour que nous fassions l'amour, elle pense qu'entre amis ça ne porte pas à conséquence, mais moi je sais bien qu'il me faudra au moins six mois pour m'en remettre. Cette fille est un diable. La seule solution est de lui dire que son programme est un chouette programme auquel j'adhère à cent cinquante pour cent, de payer toutes ses bières plus les autres et de rentrer chez moi sans me retourner pour terminer cette foutue chronique que je dois délivrer à mon public dans moins de cinq heures. Tout se déroule à peu près comme prévu. Mais soudain, son visage change, son sourire, d'angélique, devient peu à peu railleur. Il a suffi d'un minuscule mouvement de sourcil pour opérer la métamorphose.

— Paraît que tu t'es pris une méga beigne l'autre jour à *La Fourmi*. Ce grand con de Nitch, on m'a dit… Paraît aussi que tu n'as pas moufté. Quelqu'un s'en est étonné : « Il s'en va le con. » Je n'ai pas pu le croire. Fallait m'appeler. J'y serais allée moi lui rendre sa baffe à ce connard de Nitch. En plus, j'en connais des vertes et des pas mûres sur ce minable, avec toutes les casseroles qu'il se trimbale, je me demande qui il fréquente au ministère de la Justice pour ne pas croupir à Fresnes, le cul défoncé par ses coturnes… C'est quoi cette histoire de gifle ? Tu veux que je lui règle son problème à ce grand sguègue ?

Un uppercut dans l'estomac eût été moins douloureux. Je me lève. Humilié comme jamais. Renée était la dernière personne au monde que j'aurais voulu mettre au courant de cette gifle. Je suis à deux doigts de l'évanouissement, et je ne puis dire pour l'instant de quel geste ancien cette tentation d'évanouissement est la réincarnation. Cette théorie du *lapsus manus* me paraît soudain ridicule, et mon bout de PEL dans la poche de pantalon de Dejaembe déplacé.

— Tu te sens mal, elle dit, tu flottes, on dirait ?

— Je ne me sens pas très bien, c'est vrai, mais je ne flotte pas, je coule.

Je me retrouve sous ses draps, ça sent la vanille et un petit quelque chose que je n'arrive pas à reconnaître. Elle me tend une infusion au thym dans un mug brûlant.

— Si j'avais su que ma liste d'exercices te ferait cet effet, j'aurais plutôt appelé Igor.

— Qui est Igor ?

— Un ami… trans qui bosse dans l'import/export. On dort ensemble parfois, ça lui fait du bien, et quand il se réveille en pleine nuit sans plus savoir quel est son sexe exact, je suis la seule personne qu'il accepte de croire.

Je trempe mes lèvres dans l'infusion. C'est brûlant, effectivement. Elle se glisse près de moi, se colle à moi, elle est presque toute nue, le presque prenant l'apparence d'un soutien-gorge à fines bretelles, aussi fines que ses chevilles.

— On fait l'amour ? En attendant que l'infusion refroidisse… ?

Je ne vois pas motivation plus lumineuse. Le petit quelque chose est l'odeur de sa peau, je ne pensais pas que six mois suffiraient pour effacer ce qui m'avait obsédé pendant des nuits entières. Elle disparaît sous les draps, me lèche de partout comme ferait un chat. S'extasie – c'est sa blague favorite et j'imagine qu'elle a fait pareil avec Nitch – de la forme de mon sexe, l'attrape comme on chope une mouche au vol, et le conduit sans détour jusqu'au fond de son ventre, en passant par sa bouche, mais pas longtemps. Elle se cale sur moi, et s'imagine, je le sais, elle me l'a raconté vingt fois, que je suis un cadeau de Noël dont elle vient de défaire le paquet. Minuit sonne, le cadeau de Noël a les larmes aux yeux, je garde cette remarque pour moi, elle déteste ce genre de métaphore enfantine.

— Moi, je préfère « jouir », elle dit. On dit beaucoup trop de mal de ce verbe, et je milite pour sa réhabilitation. Si je monte une association, tu en serais ?

— Bien sûr, je dis, comment ne pas en être.

— #Jouir.

Ensuite, il est deux heures du matin, et elle me demande si je trouve ses exercices rangés dans le bon ordre. Elle veut savoir aussi si je les trouve pertinents, efficaces, pas trop ceci, pas trop cela ? Elle veut que je soupèse la cohérence de ce projet, et a peur plus que tout, c'est mignon, de son inconséquence, elle qu'on a souvent moquée pour cette inconséquence. Je la rassure, il n'y a pas de mot pour décrire son projet de reprise en main.

— C'est génial, je suis sûr que ça va marcher en plus, et que tu pourras le breveter et le commercialiser, non seulement tu vas sortir de l'ornière, mais tu vas faire ton beurre avec ceux qui comme toi se prélassent au fond de leurs ornières, comme des veaux marins bronzant sur une serviette en mousse.

— Je note tout ça.

Elle note sur la page de garde d'un bouquin dont je ne vois du titre que ce nom : « Guillaume Tell ».

Comme des veaux marins bronzant sur une serviette en mousse.

Puis elle me saute dessus.

— Alors ! Quel est ton exercice préféré ?

Je réponds vite. C'est cette spontanéité qui va me sauver. Je lui dis sans hésiter que je préfère celui où elle doit : « … pourrir la vie d'une petite famille sympathique ». Cet exercice est le plus original, le plus roboratif, le plus pervers aussi. Et la perversité est un moteur puissant. À ma grande surprise, elle est du même avis, et ce choix commun clôt le débat.

— Bon, et ta chronique ? Je te l'écris, si tu veux. C'est quoi cette loi merdique ? Sujet, verbe, complément, ce n'est pas compliqué, non ?

Une torpeur voluptueuse s'abat sur moi. « Tchernobyl financier » est le dernier mot qui me vient à l'esprit avant de m'endormir, je me dis que ça serait parfait comme nom de gâteau. « Un "Tchernobyl financier" pour quatre, si vous pouvez me le couper en huit ? Avec une bouteille de mousseux. »

Demain, je me ferai porter pâle.

C'est un rire qui me réveille, un rire cristallin et rauque qui ne m'est pas étranger. Un rire d'enfant. Je suis seul dans le lit vanillé de Renée. Il n'est que quatre heures du matin. À six, je dois être à la radio, je décide que j'improviserai mon édito sur place, ce que je n'ai jamais fait. Le rire provient de la cuisine. À travers la porte entrouverte, j'aperçois Renée vêtue d'un unique tee-shirt, recroquevillée sur un tabouret, elle écoute béate un gros homme qui n'est autre que mon Dejaembe. Que fait-il dans la cuisine de Renée à cette heure-ci ? Est-il un de ses amants ? Je réalise alors que je suis nu, dressé sur mes doigts de pied comme un flamand rose endormi. Le rire de Dejaembe finit par s'arrêter. D'où je suis, je ne peux pas le voir, tout juste apercevoir le reflet orange de sa chemise dans le ventre bosselé de la théière en inox. Renée boit ses paroles, aucun doute là-dessus.

— Toutes les investigations que je mène ont un angle mort. Et cet angle mort révèle souvent le sens caché des énigmes. Pour votre ami par exemple, je ne vois pas encore l'angle mort. La raison de cette gifle est une énigme pour vous, mais quand je saurai qu'elle en est aussi une pour ce fameux… Nitch, je…

— Nitch n'a rien de fameux, vous savez. C'est juste une grande bouche. Suffit souvent de lui gueuler dessus, de lui rappeler qu'il dit des conneries grosses comme lui, et la baudruche se dégonfle. Votre histoire d'angle mort, c'est juste une question d'amour-propre. Moi aussi j'ai cru qu'il était de la famille du philosophe. C'est même pour ça que j'ai couché avec lui. Et avant, j'ai même lu des bouts de *Ainsi parlait Zarathoustra* pour me faire une idée de sa famille et de sa théorie des trois métamorphoses de l'esprit humain : chameau, lion, enfant. Et si vous me demandez quels souvenirs il m'en reste ? Je répondrai sans hésiter : tout et rien. Je parle bien sûr de mes nuits avec lui, pas du *Zarathoustra* qui me travaille encore.

Une crampe m'oblige à déplier la jambe gauche, la cigogne se fait héron. Mais jusqu'à quand ?

— C'est marrant qu'il ait fait appel à vous. Personne n'irait voir un détective privé pour un truc pareil. Sauf lui, justement. Si ça vous amuse, ma vie à moi aussi est bourrée de devinettes insolubles. Vous pourriez me faire un prix de gros ?

— Tous mes prix sont des prix de gros, ma caille.

Il éclate de rire, Renée est aux anges. Une deuxième crampe vient en renfort de la première.

— Parlez-moi de votre ami alors chère Renée ?

— Soldatini ? C'est un homme très doux, tout chez lui est doux, même ses coups de patte, même sa fureur. Sa douceur est parfois affolante. Il est chroniqueur politique. Drôle de profession. Tout est chronique chez lui. C'est une bombe à retardement. Je sens que l'orgueil et la violence que cache cette douceur n'attendent qu'une étincelle pour exploser. Je me dis maintenant que la gifle que lui a refilée ce con de Nitch aurait pu être cette étincelle. Mais sa gentillesse est d'une épaisseur sans pareil. J'aurais pu l'aimer follement, mais quelque chose en lui, un drôle de tropisme pour la peur, m'en a empêchée. La peur de partir en fumée sans doute. Personnellement, j'adore les étincelles.

Ce long silence de Renée est une torture pour le flamand rose qui se tortille sur trois de mes doigts de pied frigorifiés.

— J'ai découvert son secret : il ne veut pas être aimé, ou ne peut pas. C'est paradoxal quand on le connaît un peu. Je comprends ça. Moi aussi, j'ai du mal avec ce sport. Aimer, c'est facile comme tout. Mais se laisser aimer, c'est une autre affaire.

Les fameux « hum, hum » concernés du baron durcissent par paliers, la crampe qui commence à s'installer dans ma deuxième jambe aussi.

— Je parle comme un putain de bouquin à l'eau de rose, je suis désolée. Pourtant, cette littérature me fait vomir. Elle vous arrache les larmes comme on arrache des dents. En tout cas, je n'aimerais pas être là le jour de l'étincelle.

Elle ne sait plus quoi dire, ça lui arrive parfois, j'aime bien quand ça lui arrive, cette incertitude, ça me rassure sur ce que les femmes pensent des hommes.

— Ou peut-être que si : j'aimerais.

Du coup, je dégringole de mon perchoir et m'étale de tout mon long dans le couloir. Quand je relève la tête, je croise la grimace goguenarde d'Hervé Dejaembe.

— Ben alors, on écoute aux portes ? Même quand il n'y en a pas. Dans le plus simple appareil en plus ? C'est une nouvelle façon d'enquêter que je devrais peut-être expérimenter même si, à première vue, je n'en cerne pas bien tous les avantages.

— Le seul que je vois, rajoute Renée en souriant, c'est l'indulgence du jury.

Il éclate de rire. Je me relève d'un bond, attrape un torchon sale avec lequel je m'entoure la taille, et leur fais savoir avec ce geste la signification profonde du mot « dignité ».

— On peut savoir ce que vous faites là, monsieur Dejaembe ?

Le baron soupire de ma soudaine agressivité, il est tard, il est fatigué, mais il va devoir se justifier, il déteste devoir se justifier surtout vis-à-vis de ses clients.

— Je fais fructifier votre PEL. J'ai appelé votre amie Renée pour mieux vous connaître. C'est le b.a.-ba. Elle m'a invité à passer. Elle vous connaît comme sa poche. Ça vous va ?

L'explication paraît convaincante.

— Je ne savais pas que vous étiez dans son lit. Elle ne m'a rien dit. Pourquoi ? Posez-lui la question. Mais cet élément de dernière minute est sans doute plus important qu'il n'en a l'air. Et vous qui avez certainement lu le *Zarathoustra* vous connaissez les trois métamorphoses de l'esprit : chameau, lion, enfant.

Je ne connais pas.

— Chameau, tu t'agenouilles devant ton passé. Lion, tu te rebelles contre ce même passé. Enfant, tu vénères ta vie, un point c'est tout.

À ces mots, je fais demi-tour, retourne dans la chambre, m'habille à toute vitesse sans rien oublier. Quand je repasse devant la cuisine, Renée et le baron sont toujours dans la même position : expectative.

— Laissez tomber mon cas, monsieur Dejaembe, tout ceci est ridicule, et gardez mon bout de PEL en guise de dédommagement.

Je claque la porte et dévale quatre à quatre des escaliers que je me promets de ne jamais remonter vivant. Ce type de réaction est sans doute ce que j'aime le moins en moi, ce penchant ombrageux et irréfléchi est un résidu d'adolescence que j'assume difficilement.

Quand je me retrouve dans la rue, ma bouffée de colère s'est muée en une sorte de honte qu'on dissimule en général dans de grands cache-nez tricotés à cet effet. La honte se mêle à une soudaine jalousie quand je me rends compte que j'ai laissé Renée et le baron ensemble, à quelques mètres à peine du lit vanillé encore chaud de nos retrouvailles. Il est trop tard pour empêcher l'irréparable. L'image de Renée frissonnante de désir et étouffant sous le poids de Dejaembe va me hanter pendant des heures.

6

Le matin qui a suivi cette désastreuse nuit à imiter, mal imiter, le flamand rose chez Renée, je me suis rendu à la radio pour ma chronique quotidienne. Un petit quart d'heure m'a suffi pour l'écrire, un seul jet. Cette fichue loi qui jouait les vamps retorses a soudainement décidé de coopérer. Mon aventure chez Renée m'avait miraculeusement dégagé le cortex politicus. Je pense même, je ne suis pas le seul, que je fis ma meilleure chronique politique à ce jour : didactique sans oublier d'être pédagogique, mon rédacteur en chef a même osé le mot « poétique », ça m'a flatté, les rimes ici et là, c'était fait pour. Traiter de « poétique » le boueux théâtre des affaires humaines flatte toujours, même les cuirs les plus épais. Nous sommes toutes et tous des enfants de poètes assassinés.

En sortant de la radio, je suis tombé nez à nez avec un ministre de la République venant se faire interviewer par Baptiste, la tête de gondole de notre station, l'interviewer en chef. Je connaissais cet homme d'État pour l'avoir croisé maintes fois dans les couloirs de l'Assemblée nationale. Je ne peux évidemment pas ici dévoiler son nom. Appelons-le « Balthazar », ce qui d'ailleurs est à deux lettres près l'anagramme de son véritable nom. Balthazar est toujours prêt à engager la discussion avec n'importe qui, n'importe où, sur n'importe quel sujet, une minute, dix minutes, trois heures, il adapte son discours au temps qui lui est imparti, et la souplesse de cet animal social est pour beaucoup dans sa force de conviction, la clarté de son argumentation allant de pair. Balthazar est normalien, énarque et agrégé, marathonien et plongeur en apnée, c'est-à-dire l'exact opposé d'autodidacte. Il a six enfants, à qui il lisait des histoires le soir avant de se coucher, même les soirs de questions au gouvernement, c'est dire son goût du sacrifice. Je ne me souviens plus de quoi nous avons parlé ce matin-là, il a sans doute dû me féliciter pour une chronique antérieure, les hommes politiques ne peuvent s'empêcher de nous complimenter, nous les chroniqueurs politiques, c'est un peu leur péché mignon. Ils n'ont jamais totalement renoncé à tenter de nous mettre dans leur poche. Dieu sait comment j'en suis arrivé à lui parler de mon histoire de gifle. Il m'a alors avoué avoir lui aussi une fois reçu une gifle qui l'avait longtemps laissé perplexe. Le nom de Nitch est venu spontanément sur mes lèvres. Nous avons convenu qu'il ne s'agissait pas d'un parent du philosophe allemand, et il m'a certifié que lui aussi avait été giflé par le dénommé Nitch, j'ai précisé :

— De son vrai nom Leroux Guillaume, commissaire d'exposition de son état ? Filiforme, short et tongs… Eh oui, une moustache à l'impériale aussi.

— Impérial ? C'est-à-dire ?

— Oui, moustache, avec une barbichette accrochée comme une virgule sous la lèvre inférieure.

— À la Napoléon III.

— Exactement.

— C'est lui.

— Incroyable.

Il ne connaissait pas de Leroux Guillaume, il a noté le nom, mais le portrait que j'en ai fait correspondait bien à son souvenir.

— J'étais au rayon « plaques chauffantes » de chez Darty, hésitant à passer à la vitrocéramique, un homme arrogant est venu vers moi et m'a balancé une gifle dont j'ai gardé la marque pendant deux heures.

Il précise que c'est un expert maquilleur de BFM TV qui la lui a gommée avec du fond de teint de sa composition à base de coriandre.

— De la part de Nitch, il a dit.

— De la part de Nitch ?

La surprise et l'absurdité de la situation l'ont, lui aussi, laissé sans voix. Il a pensé tout de suite au philosophe allemand, mais une rapide investigation a fait chou blanc. Les philosophes allemands dignes de ce nom sont tous morts. Devant les regards des témoins pris de pitié mais n'osant pas intervenir, il n'a pas réagi. Ce n'est pas son genre. Ce jour-là, il avait laissé ses gardes du corps à la niche.

— Un ministre se doit d'être mesuré. Imaginez un instant que je lui rende sa gifle, et que nous nous battions comme des chiffonniers, et que la photo fasse la « une » des journaux, l'exercice de l'État exige de la retenue.

Quelqu'un dans son dos n'en a pas eu autant et a dit : « Il s'en va le con… », comme avec moi, et il a cru, lui aussi, qu'il avait rêvé cette phrase, qu'elle était sortie de sa tête, comme un ver solitaire ou un souvenir pressé d'en finir. J'ai évoqué ma théorie des gestes qui se réincarnent et cela ne l'a pas fait sourire, bien au contraire, il s'en est ému. Il sait depuis toujours que les gestes sont immortels et qu'ils racontent à leur façon l'histoire de notre sang. Un stagiaire est alors venu le chercher pour l'interview phare de la matinale, le compte à rebours était commencé, et je n'ai pas eu l'occasion de le recroiser depuis cette matinée. J'ai bien pensé appeler au ministère, j'ai mes entrées, mais ces histoires de gifles m'ont paru un prétexte trop futile pour solliciter un entretien en tête-à-tête avec un ministre fût-il l'ami des chroniqueurs politiques.

Je regrette maintenant d'avoir congédié Dejaembe, je suis persuadé que ce nouvel indice l'aurait beaucoup intéressé. Il aurait, je crois, j'en parle comme s'il était mort, déroulé tout un tas de questions mieux que l'escargot sa bave, sinueux et déterminé. Quel rapport entre Nitch, Balthazar et moi ? Les finalités des deux gifles sont-elles de même nature ? Même chose pour le fait que ni Balthazar ni moi n'ayons répliqué à cette gifle ? Et puis la même phrase qui résonne dans notre dos : « Il s'en va le con ? », et qui ponctue l'épisode. Qui est le con ? Le projet de remontage de pente en dix points de Renée est-il relié à tout ça ? Ou pas ? Hervé Dejaembe aurait été très inspiré par ce nouvel enchevêtrement. Je l'imagine croquant dans ce millefeuille avec gourmandise, et détaillant les saveurs que cela lui procure. L'alternative qui se présente à moi est la suivante : ou j'oublie cette histoire, qui, un jour ou l'autre, comme un boomerang, me reviendra au visage avec la force de l'évidence, ou bien je reprends l'initiative, jamais je ne l'ai fait. Une idée me vient : je rédige une annonce.

Vous avez été giflé par Nitch ?
Ou témoin de cette gifle ?
Merci de me contacter, le journal fera suivre.

Libé, *La Croix* et *Le Monde* la publient deux jours plus tard, deux autres journaux refusent de la faire passer, sous prétexte qu'elle n'est pas « conforme ».

Pat me dit tout de suite que publier cette annonce est une erreur, que je vais me retrouver avec des hordes de fous furieux ventousés à mon téléphone, que ma boîte mail va exploser sous l'afflux de réponses, enfin, plus grave : que tous les Niche, Miche, Mitch, Kitch, Ficht et encore Bitch, et bien sûr tous les Nitch de la terre vont finir victimes d'un lynchage planétaire par ma faute. Pat est une personne sensée, le CNRS n'emploie que des personnes sensées, nous avons été mariés dix ans presque jour pour jour, et jamais aucune de ces journées ne l'a vue déraper, sauf peut-être celle où je l'ai quittée à cause d'un affreux coup de mou, et d'un minable coup de cœur pour sa meilleure amie. On était en voiture, on roulait vers Dinard où nous projetions deux jours « en amoureux », elle a juste pilé sans se soucier des voitures derrière nous, et a dit :

— Je te dépose où, connard ?

Elle voulait dire « canard », j'en suis persuadé. Depuis, je ne prends jamais une décision importante sans la consulter. Dans ma romance avec Renée, c'est elle qui m'a empêché de devenir complètement dingue, et sa connaissance approfondie des relations amoureuses m'a été d'un grand secours pour échapper aux incontournables électrochocs qui rendent légume à vie ou bien pire : cynique à tout jamais. Mais concernant cette histoire d'annonce, Pat a manqué de clairvoyance, je crois : les dix premiers jours, je n'ai eu aucune réponse d'aucune sorte, à croire qu'une consigne avait été donnée en haut lieu pour étouffer cette affaire. C'est bien possible.

— Nitch bénéficie de protections politiques, je ne vois pas d'autres explications, aurait dit le baron.

Décidément, Dejaembe commence à me manquer. Je le vois d'ici, casquette sur la tête, s'exciter telle une puce pour ces babioles que sont les infortunes de ma vie. Sa vocation : transformer non pas le plomb en or, mais davantage, faire naître l'estime de soi là où, comme dans une nature ravagée par l'incendie, la plus petite pousse devient la promesse d'une forêt majestueuse.

7

Une enveloppe a été déposée dans ma boîte aux lettres. Je l'ouvre et en retire le chèque que j'ai donné à Dejaembe en guise d'avance. Mon bout de PEL est revenu. Ce retour à l'envoyeur me donne un drôle de coup de fouet. J'appelle Dejaembe sur-le-champ.

— Bingo ! il dit. L'orgueil est un appât très particulier, négligé par la plupart des pêcheurs mais dans votre cas, ça marche… C'est votre amie Renée qui m'a dit que la seule manière de vous repêcher dans les eaux troubles où vous vous étiez fourré était de vous renvoyer votre chèque. Elle vous connaît bien cette Renée. Très intéressante, cette fille-là. Drôle de spécimen ! Beau brin. Belle nature. Avec un truc en plus, mais quoi ? Je n'ai pas réussi à le définir.

— Vous avez couché avec elle ?

Il ne me répond pas tout de suite, il me donne rendez-vous pour le lendemain, puis il met les choses au point :

— Je ne couche jamais avec les femmes de mes clients. Je sais, Renée n'est pas votre femme, mais potentiellement, elle peut le devenir. Une chance pour vous aussi, c'est accessoire, elle n'est pas mon genre. Pourtant, j'aime assez les fausses idiotes. C'est mon côté peluche. À voir. Les folles à lier ne me déplaisent pas non plus. Quand il faut les délier bien sûr…

Je le retrouve à *L'Églantier rieur* à dix-sept heures quinze. Dejaembe n'est pas si gros que ça, question de perspective finalement. Son verbe chaloupé l'amincit et sa dialectique cadencée, sans faire de lui un danseur argentin, rend sa silhouette plus fluide. Il est le vent, mais le souffle est court, dangereusement court et il le sait. L'AVC le menace, comme tout acronyme qui se respecte.

— Cette histoire avec Balthazar… Un ministre de la République… Quand même ! Dis donc ! Vache.

Nous sommes d'accord sur l'adjectif : vache. Et sur le substantif plus encore : coïncidence.

— C'en est troublant. À la base, il y a un triangle : Nitch, Balthazar et vous. Il y a un point d'appui, point de gravité : Renée. Où est-il ce point ? À l'intérieur du triangle ? À l'extérieur ? On ne sait pas encore. Quand nous le saurons, nous aurons avancé. Puis, nous avons deux cercles : le *La Fourmi* et le rayon plaques chauffantes de chez Darty. Je mets de côté le basculement possible dans le versant vitrocéramique.

J'acquiesce. Que faire d'autre. Il s'échauffe. Ses joues rosissent. Ses sourcils se raidissent. Ses mains battent la mesure d'une partition inconnue à ce jour.

— Qui dit deux gifles, dit forcément trois, dix, cent, donc une série, et la présence d'une série, dans une enquête comme la nôtre, rajoute à l'ensemble une épaisseur métaphysique non négligeable, jouant le rôle, c'est à peu près équivalent, de la frangipane dans la galette des rois.

Une petite moue achève de me convaincre.

— Je n'oublie pas non plus votre théorie sur la métempsycose des gestes et nous attrapons là quelque chose de vraiment céleste. La raison de tout ça dépasse l'entendement. Très excitant ! Vous connaissez Hermann Bloch ?

— Non, qui est-ce ?

— Un génie méconnu. Oui, ça existe, contrairement à ce que pensent les matérialistes et certains libéraux. Les génies connus n'impressionnent plus personne, mais les inconnus…

Hervé Dejaembe est soudain songeur. Une idée, sans doute, vient lui grignoter la partie basse du cerveau, songeur et soudain rongeur. Je me dis alors que cet homme est au bout de sa vie et pas seulement à cause de son obésité galopante. Le sentimental ne compense pas toujours le pondéral. Il me demande le vrai nom de Balthazar. Je le lui donne, il est tenu à la confidentialité. Il connaît bien Balthazar, il a écrit pour lui un petit bréviaire sur la fin toute prochaine de la langue de bois en région Paca, autre acronyme menaçant, mais moins qu'AVC et que FIFA. Je lui redonne son chèque, mon bout de PEL, il promet des nouvelles très vite et rajoute avant de sauter de son tabouret :

— Pour vous et Renée, rien n'est perdu. Vous voulez un conseil ? Laissez la bombe exploser, une fois pour toutes. Passage à l'acte. En fouillant dans les débris, je ne serais pas étonné que vous trouviez deux, trois pépites qui la convaincront que vous êtes l'homme de sa vie.

— L'homme de sa vie, vous êtes sûr ?

— Je sais, l'expression est un brin surannée, mais elle a son charme pour ceux qui ont plusieurs vies.

Il file. Sur le trottoir, il s'arrête pour faire un baisemain altier à une femme dont je ne peux pas voir le visage. Je pense alors que j'ai oublié de lui parler de cette histoire de petite annonce. Je vais le rappeler pour le lui dire, je ne dois rien lui cacher.

La femme entre, quelques pas aristocratiques, et va s'installer au fond du café, une place qui semble être la sienne. Elle tient un petit chien blanc en laisse, et c'est là que le bât blesse, elle porte des chaussures trop pointues pour moi, et forcément, j'imagine qu'elle n'a que trois orteils, maximum, trois à chaque pied bien sûr. Elle s'assoit ostensiblement dos à la salle. Ipso facto tous les regards se tournent vers elle, elle le sait, et elle aime ça. Le garçon va prendre sa commande. Je ne l'ai jamais vu si empressé. J'entends juste : « Bien, Myrtille ! Bien. » Je vais alors faire quelque chose que je ne fais jamais dans un lieu public. Je me lève et je vais vers elle. Inimaginable au temps de mes premiers pas dans le monde des adultes, il n'est jamais trop tard pour l'audace.

— Excusez-moi ?

Elle lève vers moi de grands yeux verts (dé)bordés de cils ravageurs. Le ton est au reproche.

— On ne commence jamais par s'excuser, cher monsieur. À la rigueur, on peut terminer par ça, à condition de s'être trop bien conduit. Mais vous n'avez pas l'air d'être de ceux-là. Si vous êtes un homme et que je suis une femme, ça marche mieux comme ça, ne vous excusez pas, ça donne mauvaise haleine.

Normalement, en pareille occasion, je bredouille trois mots, et fais demi-tour d'un air penaud, mais là, ce n'est plus possible, quelque chose, sans doute ce fameux « vouloir » dont parle abondamment ce même philosophe allemand, me souffle la phrase qui tue. Une phrase formidablement bien balancée.

— Je peux m'asseoir cinq minutes ?

Elle désigne la banquette d'un geste intrigué. Sa voix se veloute, c'est-à-dire qu'elle baisse d'un ton et demi, hésitant entre majeur et mineur.

— Je vais vous dire à quoi vous ressemblez : à un homme qui vient de risquer sa vie et qui est tout surpris d'être encore des nôtres. Vivant. Vous êtes de la race de ces acteurs qui vomissent avant d'entrer en scène. En sortant de scène peut-être ? Vous n'êtes pas acteur, rassurez-moi ? Mais vous vomissez.

Je ne le sais pas encore. Je me présente. Pas la peine, elle connaît très bien mon nom à cause de mes chroniques matinales qu'elle semble apprécier, même si elle-même se situe à droite du centre droit, à cet endroit précis où l'électeur ne sait plus à quel saint se vouer, comme si le Christ avait deux têtes. Elle revient sur ma dernière chronique en date – la réforme des institutions – mais elle exprime un point de vue différent du mien, elle paraît connaître le sujet bien mieux que moi, c'est indéniable. Je n'insiste pas, ici, je ne suis pas payé pour. Pas de doute, elle est vraiment de droite, tendance mise en plis permanentée. Contrairement à moi, elle a fait Science Po, chaque jour en tailleur et talons aiguilles réussissant ainsi à faire taire les railleurs, ces mêmes railleurs qui, par crainte d'un coup de griffe, sont de son côté depuis. Balthazar fut son maître de conférences, elle a le souvenir d'un homme coutumier des longues phrases toutes en points de suspension, impatient de souligner l'importance du non-dit.

— C'était son cheval de bataille, le non-dit.

Les cheveux de Myrtille sont noirs et brillants, je peux apercevoir une de ses chevilles qui dépassent de la table. Elle porte un pull à la maille très fine qui laisse deviner par instant le grain de sa peau, une veste crème, et deux boucles d'oreilles que j'ai vues en vitrine d'une boutique guatémaltèque située au bas de la butte Montmartre. J'écoute ses arguments qu'elle égrène tel un procureur, mâtinant de clémence une cruauté qui parfois perce, et souvent blesse. C'est une viscérale, Myrtille. Une archaïque. Un caïman au féminin, une caïmane.

Mon regard suit, un temps, la ligne de ses clavicules jusqu'à une bretelle de soutien-gorge qui décrète la fin du voyage. Cette femme aimerait, il me semble, coincer ma bouche, ma langue surtout, entre ses cuisses. Je me trompe. Je me lance.

— Je vous ai vue, tout à l'heure, parler avec Hervé Dejaembe. Il se trouve que je suis en affaire avec lui, quelque chose de confidentiel. Vous le connaissez depuis longtemps ?

Elle me fixe longuement. Elle me teste. Me sonde.

— Si je vous parle du baron, vous faites quoi pour moi ?

— Qu'est-ce qui vous ferait plaisir ?

Je sais d'où vient cette phrase, mon père la disait à ses clientes indécises. Et souvent, elles répondaient en gloussant : « Faites comme pour vous, patron. Comme ça vient. » Mon père a-t-il jamais couché avec une de ses clientes ? Cette question, je me la suis posée mille fois, la dernière fois, c'était à l'enterrement de Maman. Je me promets d'oser le lui demander un jour.

Cette conversation a l'air d'amuser le garçon de café. Il se nomme Yves et arbore en permanence un petit sourire satisfait.

— Ce rictus est apparu à l'âge de vingt-deux ans, à la suite de la mort de mon grand-père, et depuis, il ne m'a plus quitté. Un ami porté sur les choses de la psychologie humaine pense que ce rictus est la réincarnation de l'esprit de mon aïeul qui était un être très moqueur. C'est absurde, non ? Au début, c'est ce que j'ai pensé, mais maintenant j'y crois, ça vaut bien les autres croyances, non ?

Ma théorie sur la métempsycose des gestes fait son chemin, et des adeptes, plus vite que je ne le pensais.

Je pourrais raconter comment j'en suis arrivé là, s'il a été question de faiblesse ou d'ivresse, voire de lassitude, à quoi bon, le fait est que je me retrouve la tête coincée entre les cuisses de Myrtille, son nom est Poisson, Myrtille Poisson est un pseudonyme, elle est « plume », c'est une collègue de Dejaembe, ils ont fondé ensemble en 2004 le premier syndicat des plumes qui depuis s'est scindé en deux obédiences ennemies : les accros à la lumière, ceux qui aspirent à la reconnaissance, et les adeptes de l'ombre, ceux qui n'en veulent pour rien au monde. Le Tout-Paris culturel s'est retrouvé un jour ou l'autre entre les mains expertes de Myrtille, la liste de ses best-sellers est longue comme un bras du Nil : hommes politiques, sportifs, mannequins, animateurs de talk-show, écrivains pressés d'en finir avec les bas tirages, graine de prix Nobel. D'où je suis, je peux, d'un œil, apercevoir, sous une chaise, ses chaussures pointues en plein relâchement, et plus loin le petit chien blanc me fixer avec plus d'envie que de jalousie. Quand je l'interroge : pourquoi n'a-t-elle jamais écrit pour elle, un livre à son nom à elle ? Elle répond qu'un jour, elle écrira ses mémoires et qu'on rigolera bien dans les sphères autorisées. Elle défait bientôt son étreinte. Je lui demande si elle fait souvent l'amour sous pseudo. Cette idée l'amuse.

— Vous avez raison, c'est sûrement différent que de le faire sous sa véritable identité. On ne peut pas simuler à tous les étages.

J'ai la mâchoire tout engourdie. La langue exténuée d'avoir dit la vérité. Je suis de gauche. Nous inversons nos positions. 69, retour vers le futur. Nous sommes vite en sueur. Au même moment, je pense à Renée. Qu'est-ce qui me fait penser à elle ? Un je-ne-sais-quoi dans l'air. Où est-elle ? Que fait-elle ? Est-elle seule ? Avec qui est-elle ? Je suis foudroyé par son absence. Le corps de Myrtille qui pèse maintenant sur mes hanches est trop lourd et l'odeur de poivron rouge qui s'en dégage m'écœure. Le vanillé des draps de Renée me manque atrocement. Je fonds soudain en larmes, en hoquets et en spasmes, je gémis, j'étouffe, un tournis, je suis happé, la porte de mon avion privé vient de s'ouvrir en plein vol sur la nuit glaciale et définitive. Myrtille me dévisage avec une sorte d'indifférence amusée. Elle a coché « homme » sur la commande et on lui a livré « enfant ». Elle saute du lit sans l'ombre d'une hésitation et sort de la chambre, nue et royale, suivie par Caniche, c'est le nom de son revanchard de chien qui prend cette sortie comme une victoire personnelle, l'idiot.

— Quand tu auras fini ton cinéma, chéri, tu me préviens. Les hommes qui pleurnichent leur petit malheur, j'ai donné. Désolée, je ne suis pas très maternelle. À une époque, je dois avouer que ce côté de l'affaire m'aurait excitée cinq minutes. Plus maintenant. L'enfance doit rester en enfance.

Ceux qui veulent y résider à vie ne m'intéressent pas. Pire, ils me dégoûtent, on devrait les parquer dans des camps, les bourrer de neuroleptiques pour les purger de cette pourriture sucrée qui coule dans leurs veines. Tu vois ?

Certaines femmes, m'explique Pat, ne supportent pas qu'on leur enlève leur jouet en milieu de partie, elle dit aussi que c'est ce qui les rapproche le plus des hommes et de leur libido sommaire. Elle croit que, pour cette raison, la guerre des sexes n'aura pas lieu. Pat est la seule femme que je connaisse qui n'a pas – c'est une énigme pour nombre de ses copines – nichée au fond d'elle la haine du mâle, cette haine légitime, mais pas vraiment nécessaire. Au point que chaque année, au moment de la remise des prix Nobel de la paix, je suis surpris qu'on ne lui décerne pas un accessit.

J'aperçois près des chaussures trop pointues de Myrtille la poche de mon pantalon qui vibre. J'imagine deux rats qui battent des cils de concert, je plonge avec appréhension ma main vers eux et en sors avec une certaine déception mon téléphone. J'entends, dans l'autre pièce, Myrtille Poisson qui passe ses nerfs sur un appareil à smoothie ; à l'autre bout du fil, une voix, elle aussi trop pointue, me demande si je suis bien qui je suis et si j'habite bien là où j'habite, si je suis bien le célèbre chroniqueur politique qu'il entend chaque matin au réveil. Je réponds :

— Oui, c'est moi.

— Capitaine Scheitzer à l'appareil, on peut se voir ?

— Maintenant ?

— Le concept « maintenant » me convient assez.

Visiblement, l'exercice numéro 3 de Renée, « pourrir une petite famille sympathique », semble lancé. L'appareil à smoothie s'étrangle. Myrtille réapparaît dans la chambre.

— C'était qui ? Le baron ? Il voulait quoi ? Tu ne lui dis rien de nos petites galipettes. Tu lui dis quelque chose, t'es mort. C'était qui ?

Il y a dans ses yeux une batterie de couteaux prêts à être lancés, ce n'est pas de la haine pourtant, c'est de l'amour, cette sorte d'amour qui n'en finit pas de se consumer.

8

Le capitaine Éric Scheitzer est magnanime, juste un peu mousseux aux commissures des lèvres, signe, paraît-il, des constitutions zélées. Pour le moment, il énumère façon Prévert les forfaits de Renée, son exercice numéro 3, comme une cystite fait le décompte des réverbères.

— Crever les roues des vélos des enfants, détrier leurs ordures ménagères, se faire passer pour la vraie fausse maîtresse du mari, harceler la femme au téléphone, envoyer un faux faire-part de décès de leur cadette à tout le quartier, leur faire livrer trois vélos d'appartement, glisser au nom du plus jeune des revues pornographiques dans leur boîte aux lettres, dénoncer aux autorités la supposée maltraitance subie par grand-mère Alzheimer… Vous pouvez m'expliquer pourquoi votre amie leur fait subir tout ça ? En deux mots ? À ces gens en plus ? Plus gentils qu'eux, je ne vois pas. Quand on lui pose la question, elle refuse de répondre. Elle a l'air très contente d'être là en plus. Comme si nous venions de lui remettre la médaille de la ville. Vous la connaissez bien ? J'imagine que « oui ». Elle nous a donné votre nom en premier. Elle affirme que vous êtes sa seule famille. Ils sont prêts à retirer leur plainte. Ils veulent juste comprendre la raison de cet acharnement. C'est mystérieux. Ils ont bien le droit de savoir, ces pauvres gens. C'est un pari ?

Renée ne me pardonnera jamais si je révèle son projet en dix points pour remonter la pente. Je crains alors que ma présence ici fasse aussi partie de l'exercice. Pour tout dire, qu'elle m'ait désigné comme sa seule famille me touche au plus haut point. Je commence à croire aux mérites cachés de son programme. Premier spectateur étonné de ma déposition, j'improvise :

— Renée est une sorte de… somnambule. Elle souffre de crises de micro-amnésies. Parfois, elle fait des choses, et puis ne se souvient de rien. Si vous voulez, je peux leur expliquer, à ces gens. Renée n'a aucune raison de leur en vouloir personnellement. C'est l'énergie que libère son inconscient qui a tout déclenché. Renée est victime de son « ça ». Tout le monde l'est un peu.

J'ajoute, puisant au fond de moi le stock de conviction disponible :

— Qui ne l'est pas, un jour ou l'autre ?

Il acquiesce, « ça » lui fait penser à autre chose.

— Le somnambulisme, c'est connu, neutralise le surmoi et permet ce type de débordements. Vous êtes, je veux dire pas vous mais votre corps de métier, la Police, est en quelque sorte l'agent actif du surmoi de notre société, et la neutralisation de ce surmoi donne lieu, vous êtes bien placé pour le savoir, à des excès parfois répréhensibles.

Il soupire, c'est douloureusement soudain. Soit il comprend parfaitement ce que je dis, soit il me prend pour un fou. Une porte étroite : je m'y engouffre.

— Dans la tête de Renée, « ça » fonctionne de la même façon. Ses micro-amnésies, ce sont vos bavures à vous, vous comprenez ? Quand je dis vous, je parle bien sûr de votre corps de métier.

Le capitaine Scheitzer ne le prend pas mal, il est décidément très compréhensif. Il s'en remet à moi comme à un ami de longue date. Il m'invite à boire un café.

Nous traversons la rue. Et nous installons au comptoir d'un bistrot qui s'appelle *Les Poulets*, un nom qui date de 1963, du temps où le commissariat était encore un abattoir, et il en goûte, chaque matin, l'ironie frelatée. Scheitzer commande deux cafés, dit « c'est pour moi », et passe aux aveux, lui aussi en a gros sur la conscience : depuis la mort de son frère, Annette, sa belle-sœur, habite chez lui. C'est « ça » son problème.

— Annette pleure tous les matins pendant dix minutes, pas plus. Elle profite qu'elle est dans la salle de bain pour que le bruit de ses larmes se confonde avec celui de la douche. Cette pudeur me touche. Annette est si délicate, mon frère était tombé amoureux de sa délicatesse. Elle ne sait pas que mon ouïe sait faire la différence, on nous entraîne à ça dans les écoles de police, en fin de première année.

Je suggère que c'est sans doute que son mari lui manque toujours :

— Le deuil est plus une affaire de mois que de jours, d'années que de mois. D'éternité en somme. L'idée qu'il ne dure qu'un an me révolte.

Une bouffée de colère l'embrase.

— Qui a dit qu'il ne durait qu'un an ?

Ces phrases toutes faites, je m'aperçois en les prononçant que je les ai entendues quelque part, et que je les répète comme un foutu perroquet qui ne comprend pas ce qu'il dit. Pat aurait conclu « recours au cliché compulsif par manque de vécu ». Mon cliché a du bon pourtant, le capitaine Scheitzer se confie :

— Elle pleure juste après la fin de votre chronique que j'écoute chaque matin. Juste avant sept heures. Le seul moment de la journée où elle avait mon frère rien que pour elle. Avant, il dormait, après, ses soucis l'avaient rattrapé. Entre, ils s'aimaient. Ce sont les heures perdues à ne pas s'aimer qui l'ont tué. Ma belle-sœur s'habille toujours en noir depuis, je m'y suis fait. À la mort de mon frère, je l'ai recueillie chez moi, elle n'avait nulle part où aller.

Il s'arrête de parler, pris par l'émotion rétroactive, finit son café d'un trait en accentuant son mouvement de tête en arrière comme pour contenir son trouble. Je connais ce geste par cœur et il m'intimide toujours autant. Puis, il reprend d'une voix raffermie. Scheitzer est un professionnel qui sait faire la différence entre sensibilité et sensiblerie.

— Après que ma belle-sœur s'est installée chez moi, les voisins de l'immeuble ont très vite commencé à jaser, j'ai surpris leurs mines choquées et l'affaire a débordé jusqu'aux portes du commissariat. J'ai dû organiser un débriefing avec mes collègues pour mettre les choses au clair : « Je ne couche pas avec ma belle-sœur. D'autres questions ? » Depuis, plus personne ne m'ennuie avec ça. Restent ses pleurs sous la douche. Est-ce vraiment un endroit pour ça ?

Je ne sais pas. Rapidement, je fais la liste de tous les endroits faits pour pleurer, puis celle des endroits où j'ai effectivement pleuré. En masse, des souvenirs affluent, un torrent.

— Pourquoi vous me racontez tout ça ? je lui demande.

— Vous êtes le genre de type à qui on peut raconter ce genre de choses. C'est ce que je me suis dit. Vous avez l'air si doux, si empathique. Vous connaissez Hermann Bloch, n'est-ce pas ?

— C'est la deuxième fois qu'on m'en parle en deux jours.

— Un jour, je vous raconterai comment Hermann Bloch a changé ma vie.

Pour Renée, il me propose de passer l'éponge. Je constate qu'il lui manque une phalange à l'index droit.

— Un accident de mobylette quand j'avais douze ans, j'ai voulu réparer la chaîne, mon frère a accéléré, bêtement, et la chaîne m'a arraché le doigt. L'index. Net. En Chine, les hommes se coupent une phalange quand ils veulent que leur femme leur pardonne d'avoir levé la main sur elle. Moi, je n'ai jamais su ce que je voulais me faire pardonner. Et surtout à qui.

Depuis, ça le fait sourire, sans cette phalange, il ne peut plus donner la direction à suivre.

— Pour un ancien gardien de la paix, avouez que ça la fout mal.

— C'est donnant donnant finalement, avec votre frère…

Il ne comprend pas où je veux en venir.

— Il vous a pris un doigt, vous lui prenez sa femme. Théorie universelle des vases communicants.
— Annette a fait un curry d'agneau, et une tarte au citron. Ça vous dit de vous joindre à nous ?
— Il n'est pas trop tard pour se mettre à table ?
— Pour un policier, il n'est jamais trop tard.

Le métro est désert. Nous restons debout, personne n'osant proposer à l'autre de s'asseoir. Scheitzer me parle de sa belle-sœur, il est de plus en plus épris d'elle, mais ne s'autorise aucun geste déplacé.
— Je résiste, pourtant. Trahir un vivant passe encore, mais trahir un mort…
— Dans la religion juive, il y a une mitzvah, le yibboum, qui commande l'union d'un homme à sa belle-sœur si elle est veuve et si elle n'a pas eu d'enfants de sa précédente union, et ce afin de perpétuer le nom du défunt.
— Intéressant… Mon frère n'avait pas d'enfant.
Il aimerait avoir mon avis.
— En tant que spécialiste de stratégie politique… ?
Mon ironie le blesse. Il sourit, pure politesse, je le sens bien. La rame arrive à Rome, la station.
Annette est en noir, pas de couleur en vue. Le curry est réussi, le pic saint-loup qui l'accompagne un peu décalé, c'est vrai, l'ail, lui, se fait si discret que son absence le rend presque plus présent. Les rêves de Scheitzer sont dans les starting-blocks,

ça se sent. Je me demande encore ce que je fais là, vraiment, ma présence à ce dîner après l'interrogatoire au commissariat, tout cela paraît presque trop écrit à l'avance. Je suis l'oxygène de cette soirée, ils ont besoin de moi. Scheitzer raconte, elle s'en excuse, qu'Annette a tendance à forcer sur l'ail. Il est en verve.

— L'ail effraie les rêves au même titre que les vampires, c'est un genre de logique qui apaise les gens qui comme moi font des rêves peuplés de démons et de fantômes. Sans ail, la voie est libre, je peux aller à la rencontre de mes songes. Je pose alors calepin et crayon sous mon oreiller comme un pêcheur pose un casier à homard. La nuit passée, la pêche a été bonne.

Annette pose sa main sur la sienne, comme pour retenir une émotion qu'elle jugerait indécente à ce moment-là.

— Ça vous intéresse vraiment les rêves des autres ?

Les rêves des autres, il n'y a pas plus ennuyeux que les rêves des autres, sauf, bizarrement, s'ils ont été inventés de toutes pièces. Scheitzer se lance :

— Un compartiment de train, un homme dort depuis longtemps. Soudain, la porte s'ouvre et un autre homme vient s'asseoir en face du premier, il est grand, mince, son visage est anguleux, il a la soixantaine. Le premier homme se réveille. Le vieil homme lui parle mais le bruit assourdissant du train l'empêche de l'entendre. Pourtant, ce qu'il dit semble vital. L'endormi tend l'oreille. Rien ne passe. Il s'épuise. L'autre ne semble pas se rendre compte qu'il n'est pas entendu. Pour finir, il sourit, assuré que son message soit passé. Qui êtes-vous ? dit le premier. Au même moment, un bruit infernal de crissement de roue fait comprendre qu'un accident est en train de se produire, les deux hommes sont projetés l'un contre l'autre. Puis, c'est le noir et les cris venus d'ailleurs. Du verre se brise.

— Carrément ?

— Oui. Et une odeur de brûlé insupportable. Je me réveille en larmes. J'attrape mon calepin, et note ce qui me passe par la tête. Le matin, je me relis, et vous savez ce qu'il y a écrit sur ce calepin ?

— Non.

— « Soldatini est un sale menteur. »

Il se retient de rire. Et prononce la phrase au monde qui me met le plus mal à l'aise :

— Je plaisante.

Il fixe sa belle-sœur, je perçois l'amour fou qui l'agite. Elle retire sa main, comme un moineau affairé qui change de branche sans prévenir.

— On passe à la tarte au citron ?

Annette se lève et disparaît dans la cuisine.

— Vous la trouvez comment ?

— Fascinante.

— C'est le mot. Vous pensez que je devrais déclarer ma flamme ?

Je croyais cette expression tombée en désuétude.

— À votre place, j'attendrais la fin du deuil, le jour où elle passe en couleurs, je me lancerais. Le passage à la couleur est un bon indice. En 1967, quand la télévision française est passée à la couleur, mon père en a profité pour demander la main de ma mère, elle n'a pas pu refuser.

Scheitzer a coupé la tarte au citron en sept, ça nous amuse beaucoup, c'est une prouesse, sept parts égales.

— Le sept correspond aux sept jours de la semaine, suggère Annette, aux sept planètes, aux sept degrés de la perfection, aux sept sphères ou degrés célestes, aux sept pétales de la rose, aux sept têtes du naja d'Angkor, aux sept branches de l'arbre cosmique et sacrificiel du chamanisme.

Annette est dans son domaine.

— Le sept désigne la totalité des ordres planétaires et angéliques, la totalité des demeures célestes, la totalité de l'ordre moral, la totalité des énergies et il était chez les Égyptiens le symbole de vie éternelle.

Son visage s'éclaire d'un feu singulier, ses pommettes se rehaussent, son regard brun s'égaye, son talon gauche sort de sa pantoufle dévoilant la naissance d'une cheville exceptionnelle. Scheitzer ne sait plus où donner de la tête.

— Le nombre sept est aussi caractéristique du culte d'Apollon : les cérémonies apolliniennes se célébraient au septième jour du mois. Il apparaît dans d'innombrables traditions et légendes grecques : les sept Hespérides, les sept portes de Thèbes, les sept fils et sept filles de Niobé ; les sept cordes de la lyre, les sept sphères…

— Et maintenant les sept parts de tarte au citron, je dis.

Nous éclatons de rire. Quelle belle complicité. Si j'étais prêtre ou maire d'une commune de moins de cent mille habitants, je pourrais les marier dans l'heure, prêtre ou rabbin. Mazel Tov ! Quand je les quitte, il est deux heures passées. Sept étages en ascenseur, sept étages d'introspection, de descente en soi, pour tenter de retrouver la boîte noire de mes mauvaises intentions. Soldatini est un sale menteur. J'ai l'adresse de la « petite famille sympathique pourrie par Renée », Scheitzer m'a pris rendez-vous avec eux.

9

C'est Juliette, leur cadette, qui a convaincu ses parents de retirer leur plainte contre Renée et son exercice numéro 3. C'est elle qui a donné à cette visite sa vraie dimension : celle du pardon. Le père et la mère m'écoutent avec gravité, sagement assis dans un canapé qui ressemble comme deux gouttes d'eau à celui qu'avait Pat quand on s'est rencontrés. Acheté sur Le Bon Coin, je me souviens. De leurs trois enfants, une fille et deux garçons, seule Juliette semble absolument saisir ce que j'explique à ses parents à propos de Renée et de ses lubies. Son père dit, comme si cela avait un rapport :

— Juliette vient de remporter le Championnat interdépartemental de tir à l'arc. Poussin.

— Depuis toute petite, elle veut être archer. On ne sait pas d'où ça lui vient. C'est un mystère.

— Moi je sais d'où ça vient Maman, dit Juliette. Je veux venger saint Sébastien, le saint patron des archers.

— Merci Juliette, dit son père, ça nous fait une belle jambe.

— Arrête avec tes vieilles expressions, Papa !

Sa coupe trône sur la cheminée, bourrée de bonbons à la menthe et de tickets de cinéma usagés. Ces gens ont été vraiment meurtris par les agissements de Renée, leur famille a failli exploser en vol, c'est le mari féru d'aéronautique qui utilise cette expression. La litanie des condoléances téléphoniques pour le supposé décès de leur fille a été pénible à supporter, l'encombrement causé par les trois vélos d'appartement livrés aussi, mais finalement ils ont décidé de pardonner. On y revient. Ils sont croyants, catholiques. Les vélos, ils les ont revendus sur eBay. Le pardon est, comme disent les banquiers repentis, leur valeur-refuge. Ces gens paraissent peu au fait des méfaits de l'inconscient, mais dire qu'ils n'y croient pas serait exagéré. Ils ont, bien sûr, entendu parler de M. Freud, mais juste à propos d'Œdipe, ce type aveugle qui a tué son père et épousé sa mère. Un cas très rare, fort heureusement, me dit la mère, pour se rassurer. Les statistiques le confirment haut la main, ajoute le père qui ne vit que pour elles. Je leur promets sur la tête de ma mère qu'ils ne seront plus jamais importunés par Renée.

— Dieu attend non nos sacrifices mais notre regret sincère pour nous pardonner. Dites-le à votre amie. Le pardon est donné et reçu gratuitement, c'est une renaissance pour les deux partis. Que cette douloureuse expérience nous fortifie. Vous lui direz ?

— Je vous le promets. Connaissant la sensibilité de Renée, je peux vous assurer qu'elle sera bouleversée par votre geste.

— Que Dieu la bénisse alors.

Juliette me raccompagne. Elle m'invite à assister à son prochain tournoi de tir à l'arc. Elle me confie qu'elle n'aime pas beaucoup ses deux grands frères, elle les trouve « futiles », « lunatiques » et « versatiles ». Je lui fais remarquer que ces trois qualificatifs sont assez proches, elle me répond :

— C'est ça leur problème, ils sont bornés.

— Juliette, c'est ton vrai nom ?

— Oui, mes parents se sont connus à l'opéra : *Roméo et Juliette*, vous captez ? Ma mère était enceinte de moi. Ils espéraient des jumeaux, des faux. À l'arrivée, j'étais toute seule. Et surtout, j'étais une fille, une vraie. C'est votre fiancée, la fille des trois vélos ?

— Pas tout à fait, je dis.

— Elle s'appelle Renée, c'est ça ?

— C'est ça.

— Vous êtes sacrément *in love* on dirait ?

— Assez. Plus que ce que je crois, mais moins que je l'imagine.

— Mon maître archer dit toujours : se cacher derrière des formules creuses, un jour ou l'autre, ça se paye.

— Il dit ça ?

— Vous connaissez le régime alimentaire des moines du désert d'Égypte ? Au troisième siècle après Jésus-Christ ?

Je ne sais pas. Là est la limite des autodidactes.

— Ils se fixent une règle : huit grains de riz par jour. S'ils en mangent neuf, c'est de la gourmandise, s'ils en mangent sept, de l'orgueil. Nous, les archers, on est pareil. Mon maître archer dit toujours : il faut trouver la bonne distance entre la gourmandise et l'orgueil.

En repartant, j'en suis convaincu : les qualités particulières que requiert le tir à l'arc, concentration, faculté respiratoire hors du commun, conscience cosmique, sont pour beaucoup dans la résolution heureuse de cet exercice numéro 3. Et la phrase de mon père à l'enterrement de ma mère me revient en mémoire : « Sauf preuve du contraire, une flèche n'atteint jamais sa cible. »

Je retrouve Renée à *La Cigale*. Comme toujours, elle est à croquer. Une jupe courte, des collants de couleurs et des bottines à lacets, un petit haut à bulles et des boucles d'oreilles en fausses plumes de singe. Pas de rouge à lèvres. Dix heures de garde à vue l'ont, visiblement, requinquée. Un codétenu lui a raconté, de long en large, qu'au Moyen Âge, les médecins pratiquaient la saignée à l'aide de sangsues. Elle commande une troisième bière. Je ne comprends pas le rapport. Si. Renée m'assure que l'exercice numéro 3 a agi sur elle exactement comme une sangsue. Nous y voilà. La purge de méchanceté, de fiel et de jouissance sadique qui en a découlé lui a fait le plus grand bien. Je ne l'ai jamais vue ainsi : légère. Je ne sens plus palpiter en elle cette inquiétude mercurienne qui l'agite en permanence. L'exercice numéro 3 est-il à lui seul responsable de cette métamorphose ? Elle m'assure que les exercices 1 et 2 y sont aussi pour quelque chose. Le 1, « sonner nue chez mon voisin homo », a été réglé en moins de trois minutes et le 2, « faire la toilette d'un petit vieux, le masturber », a été finalement rendu possible grâce à une cousine de sa concierge, infirmière dans un EHPAD du Kremlin-Bicêtre. Le voisin homo s'est esclaffé comme savent le faire certaines natures généreuses, et lui a payé un café ; et le très vieux monsieur n'y a vu que du feu, un gant de toilette restant un gant de toilette. L'orgasme qui a suivi aurait pu le tuer, mais non, il lui a débouché une artère, celle des souvenirs d'école et des fins d'anniversaires trop arrosés. Renée évoque alors ses futures stratégies, et les bienfaits supposés des prochains exercices, insistant sur le numéro 6 – faire un coming-out – qu'elle pronostique, sans entrer dans les détails, comme le plus revigorant de tous. Elle parle aussi, quand tout sera fini, d'écrire un livre – pourquoi pas avec l'aide d'Hervé Dejaembe – sur sa « Méthode en dix points pour remonter la pente ». Elle est persuadée, pas la peine de faire une étude poussée, que des tas de gens – les skieurs, ça va de soi – rêvent de remonter la pente. Elle se voit à la tête d'un Institut formant des thérapeutes à sa méthode. Elle s'emballe, et c'est comme ça qu'elle s'aime.

— M. Freud, aussi, a commencé par dompter ses propres démons avant de les théoriser, puis de les exporter en Argentine.

— Pourquoi « en Argentine » ?

— Hermann Bloch, tu vois qui c'est ? C'est un philosophe qui…

— Oui, oui, je dis d'un air faussement pénétré.

— Tu vois ce que je veux dire alors.

Cette fille est impossible. Ses frasques, ses lubies, ses sautes d'humeurs, son égoïsme fantasque, sa bonté retrouvée et ses rêves de gamine me rendent dingue. Mais le plus dingue de cette affaire, c'est que je sois encore là, béat, à l'écouter et à espérer que cette bouche adorable va se taire trois secondes et prononcer ces mots que personne ne prononce plus, sauf dans des séries télé chères à Dejaembe : « Tu es l'homme de ma vie. » Un genre de type dans son genre se penche vers elle. Il lui chuchote à l'oreille des douceurs, on ne sait pas bien si elle veut le repousser ou au contraire le retenir, les deux sans doute.

— Il te voulait quoi ?

Elle lève les yeux au ciel, l'innocence feinte.

— Teddy ? Comme tous les autres : coucher avec moi, un truc dans le genre, j'imagine… ?

Alors, il le faut. Je me lève, je traverse le bistrot, trois pas qui claquent sur le sol suffisent, et rejoins son Teddy. Je lui tapote sur l'épaule, il se retourne, accueille ma présence avec une sorte de déférence qui m'intrigue, mais ne voit pas partir le coup de poing qui l'envoie valdinguer sur le carrelage. Il se relève, on l'aide, il attrape un tabouret et manque de me le casser sur la tête. Le patron du bar me met dehors, prononçant une fatwa formulée ainsi : « J'veux plus jamais te voir ici connard ! » Il n'a pas dit « canard ». Je cherche Renée du regard. Elle a disparu. Qu'a-t-elle pensé de mon acte héroïque ? J'attends sur le trottoir qu'elle me rejoigne, qu'elle me console et me félicite. Je ne la vois pas. Je reprends la bien nommée rue des Martyrs, où saint

Denis marcha tête basse, tourne à droite puis à gauche, et quand je m'apprête à emprunter, abreuvé d'une solitude infinie, les escaliers qui montent vers la butte Montmartre, une main se glisse alors dans la mienne, petite et brûlante, et que je reconnais entre mille. Celle de Renée.

— Je suis fière de toi, elle me dit, à un point, tu ne peux pas imaginer.

J'imagine.

— J'ai rêvé longtemps de ce moment-là, où enfin tu laisserais éclater ta jalousie. Quel pied ! Quel pied !

Nous traversons des ponts, levons la tête vers des monuments, descendons des escaliers, glissons sur des rampes sans faillir. Il me faut lui décrire la jouissance inouïe que m'a procurée ce coup de poing : un sentiment d'invulnérabilité baignée de volupté, je suis l'aigle qui vient de saisir l'agneau dans ses griffes et qui remonte vers le soleil. Tel Icare.

— Teddy ne voulait pas coucher avec moi, c'était juste un fan de tes chroniques matinales, il me demandait si c'était bien « toi » qui étais assis avec moi. Il est toujours d'accord avec tes chroniques, même sur l'inversion des scrutins liée au quinquennat. Il était impressionné, il t'adore, mais trop intimidé pour te parler directement si tu veux. Les timides intimident, c'est bien connu. J'ai insisté pour qu'il te parle. Il a dit qu'il préférait attendre la prochaine fois, quand il sera prêt. Il n'y aura pas de prochaine fois, j'ai l'impression. Ton audimat a pris un sacré coup mon chéri. Et mon estime de toi a gagné des points.

— Et… tout cela faisait partie d'un nouvel exercice ?

Elle m'assure que non. Elle voulait juste que je sorte de mes gonds, que je me voie hors de moi, la seule façon au monde pour juger à quoi l'on ressemble vraiment. Elle rit en repensant à l'incompréhension de son Teddy au moment où il a reçu un coup de poing de son chroniqueur politique préféré. Son rire est soudain si joyeux qu'il avale la nuit d'un seul souffle. Qu'il m'avale. Une chanson en sourdine s'échappe d'une fenêtre en hauteur, je reconnais : *Modern girl* d'Eric Clapton, cette chanson me file le frisson depuis ce soir de décembre où j'ai réalisé que les filles à talons plats avaient tout compris de la vie. Si je m'endors dans les bras de Renée, c'est sûr, je lui pardonnerai tout.

Une idée ! Ça me réveille d'un coup. Je suis un pop-corn sautillant dans une poêle. Renée est dans mes bras. Je me dégage d'elle en douceur. Pose un pied puis l'autre sur le parquet de sa chambre. Mon orteil accroche une boucle d'oreille qui traîne sur le sol. Je cherche sa consœur du regard, et l'aperçois vissée à l'oreille de Renée, j'en éprouve une sorte de soulagement qui forcément m'inquiète. Dans sa cuisine, j'allume une cigarette mentholée, tordue en « S », que je trouve plantée dans le pot à cure-dent. Mes onzièmes retrouvailles avec Renée – j'ai compté – ont totalement occulté l'idée qui m'agite maintenant : c'est Renée qui a clairement provoqué le coup de poing donné à ce pauvre Teddy. Les gifles données par Nitch, c'est peut-être aussi Renée qui en est l'instigatrice ? Reste la gifle de « Balthazar ». Renée connaît Balthazar, j'en suis maintenant persuadé. Je deviens fou.

10

Plissant des yeux avec mansuétude, Hervé Dejaembe m'écoute. Il sait déjà ce qu'il va me dire.

— Vous ne devenez pas fou, ne confondez pas, c'est la roue qui tourne autour de vous qui s'affole. Le destin est un horizon, pour d'autres, un bolide dans la nuit. Vous, c'est une roue, indéniablement.

Il s'explique, son débit ralentit, il prend ce ton si particulier, celui du médecin qui vous annonce que vous êtes atteint d'une maladie mortelle mais que votre agonie va se passer sans heurts.

— Ce Teddy fait partie de l'histoire. Vous avez longtemps cru que votre destin était indépendant de celui des autres humains, comme un train roulant sur un réseau parallèle. Vous découvrez – c'est le privilège de certains – que des fils invisibles nous relient tous entre nous. Nous sommes à la fois l'araignée qui tisse sa toile et la mouche prise dans sa toile. Et bien sûr la toile.

Une formule aussi définitive exige de lui qu'il reprenne son souffle à deux reprises. Il le sait, son cardiologue le lui a maintes fois rappelé. Je demande s'il s'agit d'un complot lié à mes chroniques matinales, une tentative de déstabilisation politique, médiatique…

— Une sorte de règlement de compte ?

— Dérèglement de compte plutôt.

Dejaembe éclate de rire, un envol de perdrix, une giclée de plomb.

— Le syndrome Gepetto ou l'éternelle question : qui du marionnettiste ou de sa marionnette tire les ficelles ?

Une ombre passe dans son regard, il ne la chasse pas.

— Vous avez croisé ma collègue, m'a-t-on dit ?

— Collègue ?

— Celle qui se fait appeler Myrtille Poisson.

— Non, non, je…

— Pourtant, je vous ai vu lui adresser la parole l'autre soir après mon départ de *L'Églantier rieur*.

— Ah oui, cette femme…

— Oui : cette femme. Vous avez couché avec elle ?

Mon téléphone vibre.

— Non… Je vous assure.

Je décroche. La voix est claire. Je ne la connais pas. Je mets Dejaembe en pause. C'est une femme, elle ne veut pas me donner son nom – pas pour l'instant –, elle veut me voir et me parler.

— C'est par rapport à l'annonce, je connais Nitch, votre Nitch. Enfin... je crois que c'est lui.

Faire connaissance avec l'individu qui a publié une telle annonce lui est apparu de la plus extrême urgence. Elle reconnaît ma voix, je suis bien celui qu'elle croyait que j'étais, elle tombe parfois sur ma chronique radio, et bien que ne s'intéressant pas à la politique telle que je la commente, elle en apprécie la musique. Elle ajoute en chuchotant : le vibrato surtout.

— Finalement, vos chroniques matinales m'en apprennent plus sur vous que sur la politique française.

Livre ouvert tu es né, livre ouvert tu resteras, disait ma mère qui est, paraît-il, morte un livre posé sur la poitrine : *L'Étranger*. Elle propose qu'on fixe un rendez-vous très vite. J'hésite sur le lieu. Ai-je raison de me méfier ? Dois-je prendre des précautions, compte tenu des circonstances ? Qui suis-je ? L'araignée, la toile, la mouche ? Les trois à la fois.

Le baron Dejaembe me passe un savon, premier d'une longue série.

— Cette histoire d'annonce passée dans les journaux est une connerie, neuf fois sur dix ce genre d'initiative se termine en eau de boudin. C'est comme allumer une mèche dont on ne sait ni la longueur, ni ce à quoi elle mène : pétard mouillé ou kilos de plastique.

Il me fait promettre de ne plus prendre de décision de ce genre sans lui en parler avant. Je lui promets. Il accepte de m'accompagner au rendez-vous, et de jouer les chaperons. Il se mettra à l'écart. Prendra des notes sur son carnet Hello Kitty. Et interviendra si besoin est, à sa manière. Rendez-vous est pris à *L'Églantier rieur*. Il me fait les gros yeux.

— Vous avez compris : à partir de maintenant, c'est moi le patron. Le boss.

Le matin suivant, après ma chronique sur les consignes pas très claires du vote vert aux prochaines municipales, jugée « inepte » par une bonne partie de la rédaction, mon rédacteur en chef m'a pris à part. C'est à cela qu'on reconnaît un rédacteur en chef : il vous prend à part, une main sur l'épaule et le regard par en dessous. Je me prépare au pire. Il a eu un coup de fil de Balthazar, le ministre – son nom restera secret jusqu'au bout[1] –, celui-ci aimerait me voir, si possible dans un lieu discret. Il n'a pas révélé l'objet de cette demande inattendue, ce qui rend bien sûr mon rédacteur en chef un peu nerveux. Celui-ci sent le coup fourré, il connaît ça

1. Pierre Zathbalarian. Deux fois ministre.

par cœur, il tente de me tirer les vers du nez, craint une manipulation du gouvernement, un plan com à la noix, je fais l'innocent, mais je sais que Balthazar veut me parler de Nitch. J'appelle le ministère, et on me passe directement le ministre. Il est cordial. Il a des choses à me dire, il me propose une rencontre le soir même. Je lui suggère *L'Églantier rieur*, ce nom lui plaît bien, ça lui change du reste de sa vie qui en manque. Ce lieu va-t-il devenir le nouveau centre de la mienne ?

Un autre que moi, plus fragile, plus influençable, moins équilibré, plus marginal – cette personne existe – pourrait interpréter l'enchaînement des faits récents qui se sont produits dans ma vie et que j'ai rapportés ici fidèlement comme les symptômes d'un complot visant à me rendre fou : le fameux puits sans fond, le « ça » si bien décrit par le grand autre : M. Freud. Le baron a raison. Nitch, Dejaembe, le capitaine Scheitzer, Myrtille Poisson, Balthazar, la jeune Juliette, Teddy seraient les angles saillants de ce complot. Tout comme ce fichu jungien, à qui d'ailleurs je n'ai jamais demandé son diplôme, on n'ose jamais demander son diplôme à son psychanalyste. On a tort, et tout le problème vient de là. Comme ça fait du bien, de mettre bout à bout toutes ces vérités, que c'est bon de les voir s'emboîter comme les Duplo de mon enfance. Un complot poétique avec Renée en tête pensante. Me rendre fou, pourquoi ? Et pourquoi moi ? La gifle donnée par Nitch est-elle le signe avant-coureur d'une déchéance, d'une chute vertigineuse ? Me désigne-t-on là le passage secret vers ma tombe ? Ou bien… oui ! Dois-je payer pour une faute ancienne dont je n'ai plus le souvenir, ou pire, pour un crime qu'un de mes aïeuls aurait commis ? C'est cela. Mon père, mon oncle, non, mon grand-oncle, je ne l'ai pas connu, a nui à l'arrière-grand-père, au cousin germain de Nitch, à la femme de son cousin, et ce bon Nitch, le matin de la gifle, l'a appris soit par une lettre retrouvée par hasard au fond d'une malle, soit par le petit-fils du médecin qui a recueilli les dernières paroles du défunt outragé. Magnifique. Une vengeance familiale ourdie de longue date. Ma théorie sur la métempsychose des gestes s'ouvre sur un nouvel horizon : sa dimension psycho généalogique.

« Délire interprétatif construit sur une perception faussée du réel », me confirme Pat à qui j'explique tout ça très vite au téléphone. Je dois me calmer, elle a raison, penser que tout ça n'est qu'un jeu, elle a raison, un pari imbécile du genre « pas cap' de gifler le prochain chauve qui entre dans le café », elle a toujours raison. Cette hypothèse me calme un peu. Pat est ma boussole. Avec le temps, elle est devenue pour moi une sorte de grande sœur, bientôt huit ans que nous n'avons plus couché ensemble et ça ne nous manque pas. Elle n'est plus un corps pour moi, pas plus que j'en suis un pour elle. Je lui demande si elle trouve que « doux, secret, intouchable, lâche » résume bien ma personnalité ?

— Oui. Je rajouterais un adjectif à la liste : impitoyable.

La femme de l'annonce est vêtue de noir, nous nous connaissons : c'est Annette, la belle-sœur de Scheitzer. Elle ne semble pas surprise de me voir. *L'Églantier rieur* est peu fréquenté à cette heure de la journée. Dejaembe est à deux tables de nous, assis sur une chaise et demie, il a ouvert son calepin Hello Kitty à une page vierge. Il note tout. Annette m'explique qu'elle s'habille en noir depuis la mort de son mari ; avant ça elle aimait bien la couleur, trop sans doute, elle a mis toutes ses anciennes affaires dans un dépôt vente, et pour l'instant, rien n'a été vendu, le gérant de la boutique l'avait prévenue, la couleur ça s'ose, et aujourd'hui plus personne n'ose. Je ne l'avais pas remarqué l'autre soir : ses yeux sont d'un bleu intense, elle a un long nez qui va très bien avec son long cou qu'elle penche parfois, c'est imperceptible, pour voiler une émotion qu'elle veut garder discrète. Et visiblement, les émotions qu'elle veut garder secrètes sont légion. Elle connaît un type qui se fait appeler Nitch et qui est commissaire d'exposition ; en fait, elle ne le connaît pas vraiment, mais son mari était en affaire avec lui. Elle ne peut pas affirmer que son mari a été giflé par lui, mais elle ne peut se résoudre à l'exclure, surtout depuis mon annonce qui l'a foudroyée. Elle a longtemps hésité avant de m'appeler, de peur de faire ressurgir de très vieilles douleurs. Ses yeux s'embuent de larmes. Dejaembe gratte son calepin, *la mineur* fait la pointe de son Bic sur le papier, il note quelque chose qui a sans doute à voir avec les motivations secrètes des émotions à le rester. Si elle est si émue, elle s'explique, c'est qu'elle ne sait toujours pas pourquoi son mari est mort. Il faudrait que je lui pose une question mais je ne vois pas laquelle. Je sens qu'un rien pourrait la briser. La porcelaine me fait frissonner quand elle s'en donne la peine. Je lui raconte alors l'épisode de la gifle, son regard bleu m'accouche très vite du sentiment d'humiliation qui, ce jour-là, m'a cloué au sol. C'est la première fois que j'en parle comme ça à quelqu'un. Elle me demande si elle peut me prendre la main. Je fais « oui, bien sûr » comme si elle me proposait de reprendre du gratin. Elle me prend alors la main à la manière dont elle l'a fait avec Éric Scheitzer, son beau-frère. Dejaembe s'est redressé, il a lui aussi senti que *quelque chose* allait se passer.

— Je sais maintenant ce qui a tué mon mari. Les urgences ont diagnostiqué un banal infarctus, trop facile, la vraie raison de sa mort est l'humiliation, une humiliation carabinée que son cœur n'a pas supportée et qu'aucune classification médicale ne répertorie. Ce M. Nitch en est-il responsable ? Je ne peux l'affirmer, mais ce serait un tel soulagement pour moi qu'il soit…

Elle ne termine pas sa phrase.

— Qu'il soit ?

Sa main se détache de la mienne. Dejaembe s'est levé de sa place, il nous rejoint. Il reprend l'interrogatoire avec un tact infini. Annette Scheitzer n'est pas surprise de cette intrusion. Je lui présente le baron qui met son espièglerie en sourdine.

— Ce serait un tel soulagement pour moi d'en avoir le cœur net.

— On est sur la même longueur d'onde, dit Dejaembe, en posant sa main sur la sienne. Et votre mari s'appelle ?

— Paul. Paul Scheitzer.

Le baron promet de résoudre l'affaire, toute l'affaire, et d'en démêler toutes les ramifications. Il aime tant ce mot, je le sens. Elle fait mine de le croire avec une élégance bouleversante. J'en oublie de lui parler de son policier de beau-frère et des raisons qui m'ont amené à faire sa connaissance. Hors sujet, je pense, tant que cette énigme ne sera pas résolue. Dès qu'elle sera partie, Dejaembe et moi, nous confronterons nos expériences et notre conclusion sera semblable : le chaos s'organise ou bien il nous boit, tel le buvard une goutte d'huile.

— Mon beau-frère est policier, dit-elle en partant, mais je ne veux pas l'embêter avec ça, il se fait déjà tant de souci pour moi. Laissons-le en dehors de tout ça.

Annette Scheitzer laisse le baron orphelin de son long cou.

— Savez-vous pourquoi les girafes sont fragiles du cœur ? Parce que leur cerveau en est trop éloigné, me dit Dejaembe. Et c'est le cerveau qui tient le cœur à bout de bras.

L'image passe, une heure aussi et, comme prévu, Balthazar arrive, précédé de deux gardes du corps qui inspectent le lieu de fond en comble avant de le faire entrer. Le ministre me repère tout de suite, il commande un whisky en passant au bar. Yves, le barman au petit sourire satisfait, lui sert un « bien monsieur le ministre » qu'il accueille avec un brin de hauteur. Il vient s'asseoir près de moi. Il n'a que dix minutes à me consacrer, pas une de plus. Mon histoire de gifle a fait le tour de son ministère et, à sa demande, et en toute discrétion, un de ses conseillers a diligenté une enquête sur le fameux Guillaume Leroux alias Nitch, et a découvert deux ou trois choses qui pourraient éclairer ma lanterne.

— Dans un premier temps, on a cru que Leroux, avant de faire « commissaire d'exposition » et de se faire appeler Nitch, et avant Dieu sait quoi encore, avait travaillé pour les services secrets, ex-DGSE. Formidable ! Mais vérification faite, nous avons affaire à un homonyme : Le Roux, en deux mots. Mais le plus étonnant est ailleurs, monsieur Soldatini.

— C'est en lien avec les gifles ?

— On ne sait pas encore, mais mes conseillers ont constaté que, vous aussi, avez eu maille à partir avec nos services.

Les bras m'en tombent, ceux d'Hello Kitty suivent le même chemin. Yves pose le whisky devant le ministre. Les glaçons qui s'entrechoquent font fuir leur souvenir, comme une lumière allumée brusquement met en fuite un vieux couple de cafards long à la détente.

— Bon, je me suis permis de faire une recherche sur vous, et j'ai découvert que vous avez été mis sur écoute de mai 2008 à octobre 2009, la fiche dit que c'est suite à un éditorial « assassin » sur une affaire mettant en cause la Présidence. Vous vous en doutiez un peu, non ?

— Un édito assassin ? Moi ?

Je fais l'idiot, faire l'idiot est une stratégie familiale qui eut de bons résultats en son temps, faire l'idiot et faire le mort parfois. Peu de risque si on manque un peu d'amour-propre, c'est mon cas.

— J'ai relu la chronique en question, elle est toujours en ligne, vous n'y êtes pas allé de main morte en tout cas. Vous aviez raison, on le sait aujourd'hui, mais on comprend que notre ex (il savoure ce mot) Président se soit agacé. C'est vrai, elles sont souvent énervantes ces voix radiophoniques du matin, donneuses de leçon comme un Muezzin hautain et définitif.

Je me souviens, oui, que cet éditorial m'avait valu quelques coups de fil haut placés, et qu'à cette occasion, je m'étais étonné de l'usage inopportun du tutoiement présidentiel à mon encontre. Pat, oui, m'avait conseillé de changer de numéro de téléphone, elle-même ayant à trois reprises eu la sensation d'être suivie par une voiture aux vitres teintées. Balthazar me rassure, son gouvernement a mis fin à ces pratiques peu démocratiques ; néanmoins, peu soucieux de cohérence, il a juste réactivé le suivi administratif de Nitch, et le mien. Il me demande de le tenir au courant de la suite de l'histoire et me donne son numéro de portable privé. Un de ses gardes du corps règle l'addition. Nos dix minutes arrivent à leur terme. Je laisse échapper une bouffée de colère rentrée qui le retient encore un peu.

— Vous ne connaissez pas une certaine Renée ? Une jeune femme qui vit en sous-location, qui boit de la bière brune et qui déteste les strings…

Balthazar fait mine de chercher, répond par la négative. Le plus brisquard de ses gardes du corps confirme d'un sourcil péremptoire. Qui croire ?

Mai 2008, octobre 2009 fut une période difficile pour Pat et moi, les hauts et les bas de la vie conjugale, mais surtout les bas, et beaucoup de lassitude, de mon côté essentiellement. Tout a été dit sur le couple, surtout par Pat qui connaît le sujet à fond vu qu'elle est freudienne par son père, et lacanienne par sa mère. Que Balthazar me remémore justement cette période intéresse au plus haut point le baron. Il met le doigt très rapidement sur le schéma vital de notre couple : Pat me dominait dans pratiquement tous les compartiments de la vie, et cette domination nourrissait chez moi un pôle revanchard qui, ne pouvant s'exprimer frontalement, se déplaçait sur le terrain éditorial : la parole publique au secours de la parole privée, un cas d'école.

Oui : mai 2008, octobre 2009 fut une période où Jérémie Soldatini avait effectivement la dent dure, et la plume tranchante, particulièrement pour tous les abus ou démonstrations de pouvoir avérés, et c'était le cas de cette affaire lamentable, soupçon de corruption passive à laquelle un demi-frère du Président était mêlé. Hervé Dejaembe est sur orbite, il croit dur comme fer à une constellation de causes et d'effets dont je serais, non pas, comme il apparaît, le centre – ça me déçoit un peu –, mais l'une des… Il retient le mot longuement comme un sniper son souffle.

— … L'une des couleurs.

Il me suggère de rencontrer Nitch, pour le défier, le faire dégorger comme on le fait avec un légume.

— Pareil qu'aux échecs, en osant un coup inédit, passer de la défensive à l'offensive. La Tour passe à l'attaque doublant le Cheval qu'on agitait pour tromper l'ennemi.

Je ne me sens pas prêt. Il réprime un nouvel envol de perdrix. Il s'est fait mal comprendre : il me conseille qu'il le rencontre lui, seul, tout seul. Une mission commando en quelque sorte. Il va passer par Renée qui semble assez bien le connaître, et organiser une rencontre tellement inopinée qu'elle en aura l'air.

— Je ne préfère pas que Renée soit mêlée à ça.

Dejaembe ne me laisse pas le choix, il me rappelle qu'il est aux commandes, c'est notre accord.

11

Quand je rentre chez moi, il est vingt-trois heures et Myrtille Poisson m'attend à la porte. Caniche, son chien, grogne quand j'apparais, ses chaussures effilées aussi. Elle lâche, binaire en diable, comme la lame neuve d'une guillotine :

— Je vous donne une deuxième chance, mon garçon ?

Myrtille Poisson s'est réveillée ce matin avec un curieux sentiment, inédit en tout cas, et sans arrière-goût identifiable. Elle m'explique ça. Notre ratage de l'autre soir a nourri en elle une culpabilité jusque-là inconnue. Ce n'est pas dans ses habitudes, mais pour le coup, elle ose l'allusion marine. Un homme qui éclate en sanglots en plein ébat sexuel est, pour elle, comme un îlot de sensibilité dans l'océan d'ironie sur lequel elle vogue du lever au coucher depuis tant et tant d'années. Cet îlot, c'est moi.

— Tant et tant d'années, qu'elle répète en soupirant.

Et en fixant une eau-forte accrochée dans mon couloir qu'elle finit par désigner d'un index las mais sincère, elle chuchote :

— Vous peignez aussi ? C'est touchant.

Non, je ne peins pas, cette eau-forte est une croûte que Pat a achetée dans une brocante et qu'elle a oubliée ici après notre séparation. Elle représente un arbre en boule au milieu d'une prairie.

— Si on a un peu d'imagination, et si on retourne le tableau, on peut y voir la coupe transversale d'un cerveau en ébullition.

Myrtille décroche le tableau, le retourne, et le cerveau lui apparaît, nous apparaît, avec ses nervures par centaines et ses troupeaux de synapses en action. Elle pousse un petit gloussement de surprise, elle dit :

— Moins cons qu'on y pense, ces artistes.

Puis, elle pose ses lèvres sur les miennes ; le geste est pur, sans aucune volonté de domination. Et cependant qu'elle m'attire contre elle, je repense à son expression « deuxième chance », et je trouve là le sujet de ma prochaine chronique : un homme politique n'est jamais mort. Cette fois-ci je n'éclate pas en sanglots. Et si je me donnais à moi aussi une seconde chance ? Et cependant que je nous vois elle et moi, roulant sur la moquette comme dans les vagues du Pacifique, mon esprit s'échappe, et une question éclot, dans mon cerveau justement : et si Nitch m'avait giflé pour mon bien ? Pour me faire prendre conscience de mon problème. Quel est ce problème ? Manque de courage, difficultés avec l'autre, le grand et le petit, peur du conflit et, Annette Scheitzer a dit le mot – je l'ai sur le bout de la langue, il fait son timide, mais finit par sortir de sa niche ouatée… : intouchable. Je suis intouchable. Intouchable et impitoyable.

Puis, nous nous rhabillons lentement. Myrtille me dévisage. Et me raconte cette histoire, c'est la première fois qu'elle la raconte à quelqu'un, sa voix *fa dièse* en témoigne :

— Quand j'étais enfant, ma mère était concierge, elle gardait un petit garçon qui habitait dans l'immeuble. Et tous les soirs, ma mère nous donnait notre bain ensemble, à moi et au petit garçon. Et un soir, un poisson rouge mort est apparu flottant entre nous deux. Ma mère a demandé qui avait pris le poisson rouge dans son bocal pour le mettre avec nous dans le bain, elle a insisté longuement, profitant de l'occasion pour nous expliquer que, non, ça ne se fait pas, on ne se baigne pas avec son poisson rouge, c'est non, le savon est déjà dangereux pour les humains, alors pour les poissons… Elle a crié fort. Et le garçon a fini par avouer. Le poisson rouge, c'était lui.

Je compatis.

— Quelle histoire !

— Ce n'est pas fini. Quelque vingt-cinq ans plus tard, lors d'un cocktail littéraire, un homme se présente à moi, il me dit son nom, il était ce garçon qui prenait son bain avec moi quand nous étions petits et, sans se perdre en amabilités superflues, il me demande à brûle-pourpoint si c'était bien moi qui avais mis le poisson rouge dans le bain. Comme il y avait prescription, j'ai dit que « oui », oui, oui, c'était bien moi. Il me demande pourquoi je n'ai pas avoué ma faute à l'époque, et je réponds « parce que j'étais une fille », je lui demande alors pourquoi, lui, il a avoué alors qu'il savait que ce n'était pas lui le fautif, et il me répond : « Parce que j'étais un garçon et que les garçons sont programmés pour avouer leurs fautes. »

— Ce petit garçon, c'était Hervé Dejaembe ?

— Comment vous avez deviné ?

Tout simplement en projetant sur le monde extérieur ce que j'ai à l'intérieur. Je n'ai pas fait l'erreur de croire que les petites filles sont toutes des menteuses, et les petits garçons tous des lâches. Avouer une faute que l'on sait pertinemment ne pas avoir commise pour faire cesser les questions pénibles, est-ce de la lâcheté ou du courage ? Ou ce fameux mélange dont je suis spécialiste. Myrtille se garde bien de répondre.

— Et la suite ?

— Le soir de cette rencontre, le baron et moi sommes tombés au champ de l'amour, une passion entêtante, charnelle comme seul un dramaturge en mal d'inspiration peut en imaginer, et puis, six ans plus tard, le désamour nous a fracassés, aussi violent qu'injuste. Hervé a pris vingt-cinq kilos quand je l'ai quitté pour un idiot en tout point son opposé. Il a subi des électrochocs, dix-huit au total, pour m'effacer de son cerveau, mais bien sûr ça n'a pas marché, il suffit pour ça de savoir lire les modes d'emploi jusqu'au bout. Et aujourd'hui, quand par hasard, comme l'autre jour, nous nous croisons, un immense chagrin nous rejette, comme la grande vague d'équinoxe, chacun sur notre rivage respectif. Ah oui, j'oubliais, c'est moi qui lui ai mis le pied à l'étrier, comme « plume ». Je l'ai convaincu d'une passerelle possible avec son métier d'origine : le goût du masque.

Et Myrtille Poisson repart avec son chien sur le bras, et son port de tête de coiffeuse pour hommes bien en place. Elle a gagné ce que j'ai perdu : un peu d'innocence. J'imagine alors que, des années plus tard, je pourrai raconter cet épisode de ma vie à mon petit-fils, et conclure avec solennité : cette femme m'a donné une seconde chance, sans elle, je serais toujours celui que je n'aurais pas cessé d'être si elle ne m'avait pas donné cette chance. Je serais celui que je suis aujourd'hui : un être doux, secret et intouchable. Un doux rend les autres doux. Pire : un tiède qui se fait passer pour un être torturé. Il faut que ça cesse.

12

Il est sept heures trois, le baron m'appelle sur le fixe de la station. Je sors juste de mon édito jugé, je le vois à leurs regards fuyants, un peu creux par l'ensemble de la rédaction. Pour eux, disserter sur l'importance des lapsus en politique alors que la crise économique ravage la planète révèle pour le moins un sens étrange des hiérarchies. Dejaembe, lui, est tout excité : il a pu, grâce à Renée, reconstituer l'emploi du temps de Nitch pour des prochains jours. Il connaît précisément les plages horaires où une rencontre fortuite sera possible, et le lieu ne nous est pas inconnu car il s'agit justement de *La Fourmi*. Je lui demande quelle sera sa stratégie, il préfère ne rien dire pour l'instant, mais il a plusieurs « éléments déclencheurs » dans sa besace qu'il adaptera en fonction de la situation. Il me promet de tenir Renée éloignée de cette opération, elle n'a joué pour cette fois que le rôle d'informatrice involontaire. Voici l'affaire : il sait par Renée que Nitch a rendez-vous le lendemain soir avec des « potes » à *La Fourmi*, c'est un rendez-vous mensuel entre anciens du même lycée qui a lieu depuis douze ans. Parfois, ils sont deux ou trois, parfois une dizaine, tout dépend, parfois ça picole jusqu'à pas d'heure dans une ambiance bon enfant, parfois non, tout dépend de la mayonnaise.

— Si elle prend ou pas, précise Dejaembe, qui aime bien ce mot, « mayonnaise ».

— C'est quoi votre plan ?

— Très simple, je me fais passer pour l'un des anciens élèves. Il arrive très souvent qu'on ne se souvienne pas de quelqu'un qu'on a jadis fréquenté. Les visages s'effacent, puis les noms… Suffit de les remplacer par d'autres. Je leur dis que j'ai eu vent de leur rendez-vous mensuel par… Daniel, un ancien de Terminale, et je me fais fort de leur rafraîchir la mémoire.

— Daniel, qui est Daniel ?

— Un prénom choisi au hasard, plus c'est flou plus ça a de chance de passer. Tous les garçons ont grosso modo les mêmes souvenirs de lycée. Je parie qu'en moins d'une heure, ils me reconnaîtront tous comme l'un des leurs, l'instinct grégaire quand il est plongé dans le rosé frais et les blagues de cul est de tous celui qui répond le plus vite présent quand on le convoque.

— Et ensuite ?

— Doucement. Et ensuite ? Très simple, je me laisse porter par le courant, et, la nostalgie aidant, je me rapproche de ma cible, notre cible, et je remonte le fil, m'y accroche et… La nostalgie est un robuste antalgique quand on pique la bonne veine.

Le baron est certain de ce plan : agrippé à une touffe de confidences, un indice finira bien par montrer le bout de son nez. Il croit dur comme fer à une sorte de conjuration de pulsions orphelines.

— Vous me suivez ?

Je ne le suis pas bien sur cette piste.

— Vous devriez comprendre, ce n'est pas très éloigné de votre théorie sur la métempsychose des gestes. Les pulsions, quelles qu'elles soient, se rangent en deux catégories : celles qui sont exprimées et celles qui sont refoulées. Je schématise : les premières se transforment en actions, et les autres en névroses ou actes manqués. Mais, il y a une autre catégorie peu connue : les pulsions orphelines, celles qui n'ont pu se ranger dans l'une des deux premières catégories. Vous me suivez maintenant ?

— Moyennement.

Il s'énerve. Nous marchons dans la rue, sa démarche chaloupée ferait des envieux parmi les amateurs de samba.

— Ces pulsions orphelines subissent l'équivalent de l'instinct grégaire pour les mammifères, c'est-à-dire qu'elles se rassemblent en colonies, pour renaître sous forme d'acte ou de pensée, ou même d'idée. D'où viennent les idées ? Les bonnes, les mauvaises, les méchantes. Personne ne le sait vraiment. On dit souvent d'un auteur très imaginatif : mais où va-t-il chercher tout ça ? Il ne va nulle part. Ce sont ses pulsions orphelines qui sont à l'œuvre. Voyez.

Le baron paraît si convaincu que je n'ose pas le contrarier. J'imagine qu'il a en chemin changé de casquette, et ce n'est plus le détective privé qui me parle, mais la plume, voire le poète ou l'équarrisseur en chef. Je décide de le laisser aller au bout de sa pensée, et de son projet de rencontre avec Nitch. Il en sortira peut-être quelque chose, forcément. Mais la réalité est sans doute ailleurs, me dira Pat, elle est plus prosaïque : un programme de gifles a été planifié dans un but précis que nous ignorons encore. Quand nous aurons découvert la liste exhaustive de toutes les personnes giflées se dessinera alors une courbe, une sinusoïde, un camembert même, qui délivrera son verdict. Pour l'instant, nous avons trois gifles, deux avérées, une supposée : la mienne et celle de Balthazar, et celle de feu le mari d'Annette Scheitzer. Trois gifles ne suffisent pas à construire un système. Attendons d'en recueillir d'autres. Dejaembe conclut, il est très excité :

— Tout ça sent très bon.

Puis, nos chemins se séparent, taxi d'aristo pour lui, métro de prolo pour moi.

— Rien d'autre à me dire ?

Et là, conjuration de pulsions négatives ou pas, je lâche avec un détachement proprement prodigieux pour un type de ma trempe :

— Ah oui au fait…

Il a senti le sifflement de la balle qui s'apprête à le transpercer et, déjà, la douleur à venir montre ses papiers, manière comme une autre de passer la douane qui sépare le ressenti du réel, « *the border of sensitive* » comme disent les anglophones. Le « Ah oui au fait » est le symptôme de ceux qui ont renoncé au détachement.

— Au fait… quoi ?

— Non, rien.

— Si, dites. C'est contractuel. On doit tout se dire.

Je me souviens, ma mère m'avait dit la même chose quand elle m'avait surpris en train de me masturber, j'avais onze ans et, sous la pression, j'avais avoué l'impensable. Je le regrette encore.

— J'ai couché avec Myrtille Poisson.

— Combien de fois ?

Je ne m'attendais pas à cette question mais plutôt à : « Quand ça ? » ou « Où ça ? »

— Une fois et demie, et encore… Disons : une fois, c'est…

— Un chiffre rond, c'est déjà ça.

De chaloupé, il n'y a plus, le fracassé prend place avec un aplomb qui fait peur. Le baron en a le souffle coupé. Je regrette ce que je viens de dire, et ça me remplit les yeux de larmes. Je peux voir le poisson rouge originel qui remonte mort à la surface de l'eau du bain. Le souvenir de ses dix-huit électrochocs déboule, en bloc, et c'est moche à voir.

— Ce n'est pas bien de m'avoir fait ça, monsieur Soldatini. Ce n'est pas bien du tout. Vous m'avez déçu. Tellement déçu. Tellement déçu.

Son troisième « tellement déçu » se perd dans un bruit de gorge. Hervé Dejaembe monte dans son taxi, grâce soit rendue au chausse-pied géant qui lui est venu en aide. Une expression me vient à l'esprit, je peux juger de sa banalité mais elle dit bien ce que je vois : le baron n'est plus que l'ombre de lui-même, une ombre maudite que les électrochocs n'ont pas totalement effacée.

On fait un foin pas possible des causes et de leurs conséquences, elles sont, paraît-il, l'alpha et l'oméga des destinées les plus frauduleuses comme des existences les plus honnêtes. Eh bien, la conséquence la plus voyante de l'épisode précédent, cette brouille que j'espère passagère avec le baron Dejaembe, fut la suivante : je décidai de transformer ma barbe d'une semaine en une moustache avec impériale. Me faire la tête de mon tortionnaire fut la réponse surprenante de mon inconscient aux récents événements qui s'étaient produits. J'en percevais bien sûr les aspects les plus pervers, la victime devient bourreau, c'est vieux comme le monde, et finalement, personne n'y trouve à redire sauf les victimes suivantes, mais je pressentais que cette nouvelle pilosité, originale – être fan de Napoléon III de nos jours quelle classe –, n'aurait pas que du mauvais. Baptiste, le journaliste star de la station, fut le premier à prendre la vague :

— Tu es plus crédible comme ça. Mûr pour la géopolitique en tout cas. C'est le style qui fait l'homme, pas le contraire. Ceux qui ont refusé de l'admettre sont morts au champ d'honneur des égos surdimensionnés.

La suite ne se fait pas attendre, le rédacteur en chef, puis l'éditorialiste économique, son homologue en charge des questions de justice, s'arrangent tous pour me féliciter de ma chronique qui, vraiment, ne casse pas trois pattes à un canard. L'expert ès justice est le plus en verve des trois :

— Avec un look pareil, plus question de nous faire croire que tu n'as pas fait Science Po.

Voilà le genre d'humour qui me déconcerte, sans doute parce que j'essaie de trouver une logique alors qu'il n'y en a pas, aucune statistique n'a jamais été faite sur la proportion de moustaches à l'impériale repérées sur les bancs de Science Po.

— Et c'est tant mieux ! a fait remarquer dans un grand éclat de rire Ben, notre critique de cinéma, auteur d'une brève biographie de I.A.L. Diamond, le génial scénariste de Billy Wilder, celui qui a écrit : *Nobody's perfect.*

Sitôt rincée la gloriole, l'anxiété a refait surface comme un bon vieil U-boot réhabilité. J'ai essayé de rappeler Hervé Dejaembe pour m'excuser de mon aveu pitoyable, mais il n'a pas décroché. Je lui ai laissé un message un peu brouillon, faussement naturel, mais ma culpabilité trop prégnante m'a fait dire le contraire de ce que je voulais dire. J'ai peur que mon aventure avec Myrtille Poisson – quel surnom impossible – ne fiche en l'air une enquête sur le point d'être élucidée. Et si j'arrêtais tout, quelle importance finalement de connaître les raisons de cette gifle ? Je ne sais plus. J'ai besoin d'aide. J'appelle Pat, elle aussi est sur répondeur, je ne laisse pas de message. En désespoir de cause, je décide d'appeler Renée, mais je renonce au moment où je l'entends décrocher et dire :

— C'est toi ?

Comment lui expliquer tout ça sans mentionner la fameuse seconde chance de Myrtille Poisson ? Trop tard, elle me rappelle aussitôt, un orage éclate et les parapluies se déploient autour de moi comme des nénuphars à Cherbourg.

— Tu viens de m'appeler ?

— Non, pourquoi ?

— J'allais t'appeler, elle me dit.

— Quoi ?

— J'ai un problème de...

— Quel genre ?

— Baby-sitting. Tu peux venir ?

Je la rejoins à la station Château Rouge. Jamais Renée n'a été regardée comme ça par un autre être humain : iris marron clair, avec des éclats de vert pomme sur les contours de la pupille, et surtout d'une douceur ahurissante, les yeux de Juliette ne la quittent pas d'un iota. Difficile de faire mieux, et j'en connais un rayon.

— Elle ne me lâche plus cette gosse. Elle m'a demandé de l'accompagner à son entraînement de tir à l'arc, je ne pouvais pas refuser. Ça fait trois jours qu'elle me colle aux basques. Elle a des parents, je suis bien placée pour le savoir, ce coup-ci, ils vont vraiment me prendre pour une dingue.

Renée n'a pas l'air de mentir. Je me tourne vers Juliette, elle nous rassure, ses parents ne sont au courant de rien, elle leur a laissé une lettre dans laquelle elle explique « calmement » qu'elle est partie « vivre sa vie » sans mentionner aucun nom et aucune destination. Elle a huit ans révolus, et considère qu'elle a l'âge de « voler de ses propres ailes ».

— Renée, elle est mon Roméo, elle dit. Celle que mes parents n'ont pas mise au monde. Je suis une enfant mais plus pour très longtemps, et Renée apprendra vite que la patience est la plus belle des vertus.

Juliette parle comme dans un roman. Renée est tout sauf patiente. Nous descendons à Château de Vincennes : la station.

13

Le maître archer appelle Juliette par son nom d'archer : Cristobale. Nom d'archer est comme nom de plume, chaque archer se voit renommer au moment de l'adoubement par le maître. Avoir son propre nom d'archer permet de décoller de sa propre biographie, de sa propre généalogie, de son geste pour l'alléger d'un passé composé, qui pourrait modifier la trajectoire de la flèche sans qu'on ne puisse jamais en déceler la cause. Juliette rejoint le pas de tir. Se met en place, face à la cible située à vingt-cinq mètres. Prend une flèche en carbone dans son carquois en alu. L'arc se tend. La corde vient se placer, là juste là, contre sa joue droite, à la commissure des lèvres, pas de meilleur endroit pour le commun des archers. Le bruit de son souffle ralentit par paliers, comme un plongeur en apnée, jusqu'à s'éteindre complètement. Ses yeux, les mêmes que tout à l'heure, ne cillent plus du tout. Son maître archer, un petit homme sec d'origine coréenne, corrige l'alignement de ses omoplates en effleurant la pointe de son épaule. La corde tendue reste collée à sa joue, je peux compter jusqu'à trente… Elle n'en est qu'à cinq, c'est ça le secret. Ralentir le temps jusqu'à – les meilleurs y arrivent – inverser la course des aiguilles d'une montre. Et soudain, la flèche part, inopinée et prévisible. Renée en suit la trajectoire, et laisse échapper un petit cri de joie qui provoque sur le visage de l'entraîneur un voile de contrariété. La flèche de Juliette a troué l'exact centre de la cible. Plus au centre que ça, ce n'est pas possible, sauf à supprimer ce mot du dictionnaire. Puis, la fillette marche jusqu'à la cible, le bruit de son souffle refait surface, par paliers aussi, crescendo. Juliette s'arrête et, avant de dévisser la flèche de la cible, fait mentalement l'analyse de son tir qui nous paraît, à Renée et à moi, oui, on peut le dire : sensationnel. Elle semble, elle, mécontente, son maître aussi, une mauvaise position des pieds, une contraction inutile de la main gauche, un manque de concentration inédit… Difficile de le dire autrement : cette recherche d'excellence nous troue le cul. À Renée, et à moi. Galopent alors dans nos cerveaux de novices toutes sortes de métaphores existentielles. Ça va de soi. Juliette a toujours su qu'elle serait archer, elle soutient que c'est la courbe du ventre de sa mère enceinte qui lui a inspiré cette vocation. Juliette vise juste dans toutes les alvéoles de sa vie.

— Mon maître archer dit : il ne s'agit pas d'apprendre à toucher la cible, objectif mesquin, méprisable, et qui, une fois atteint, fait de l'homme un prisonnier de sa propre réussite, non, il s'agit de livrer un combat contre soi-même. Pour l'ambitieux, la cible n'est qu'un méchant morceau de papier qu'il réduit en miettes. Pour le velléitaire, elle est fuyante, fourbe même, incapable de tenir parole, trop centrée sur elle-même. L'art du tir à l'arc consiste uniquement à réaliser quelque chose qui vous engage sur le chemin qui mène à « l'art sans art ». Regardez la branche d'un sapin. Sous le poids de la neige, elle se courbe de plus en plus bas ; la charge de neige dégringole soudain sans pour cela que la branche ait bougé. Car lorsque la tension est au maximum, il faut que le coup parte. L'araignée tisse sa toile sans savoir que les mouches viendront s'y prendre ; la mouche ignore ce qui se trouve devant elle et se prend dans la toile. Dans l'araignée, comme dans la mouche, quelque chose danse, et dans cette danse, extérieur et intérieur font un.

C'est peu dire que Renée et moi sommes impressionnés.

— Mon maître archer dit aussi : c'est ainsi que l'archer atteint la cible, sans avoir extérieurement visé. L'idéal serait bien sûr de tirer des flèches imaginaires, mais personne n'a jamais réussi à le faire, il faut faire preuve de trop d'humilité pour ça. L'humilité, la vraie, est un métal rare, plus que le platine indubitablement. Chaque mot a son poids, il faut le savoir.

Cette petite fille nous semble avoir mille ans, maître Yoda avant l'heure. Me reviennent alors en mémoire les paroles d'Hervé Dejaembe : « Nous sommes à la fois l'araignée qui tisse sa toile et la mouche prise dans la toile », et une panique totalement hors sujet s'empare de moi. Il faut que je retrouve le baron, il faut qu'il me pardonne, qu'il me prenne dans ses bras et me console de ma trahison. C'est clair maintenant. Cette histoire de gifle n'est pas anodine, nous sommes d'accord, Hervé, elle renferme le secret de mon existence, l'opacité béate n'est plus la solution à mes problèmes. Je quitte Renée et Juliette, leur fais promettre de se tenir à carreau. Renée a compris mon urgence. Juliette promet de veiller sur elle.

— J'ai plus d'une corde à mon arc, elle dit, sans humour aucun.

J'ai ri. Trop tard.

14

Je panique un peu. À *L'Églantier rieur*, Yves, le barman, m'assure qu'il n'a pas revu Dejaembe depuis la dernière fois où il nous a servis. Il se rappelle avec amusement notre première rencontre en chemises orange. Mais son rictus semble dire autre chose. Quelque chose remonte. Floc ! L'image du poisson rouge mort apparaissant à la surface du bain, entre Myrtille et le baron, vient brouiller mon esprit. Je laisse un message à Myrtille Poisson, lui demande de me rappeler très vite. Elle seule peut m'aider à éteindre l'incendie. Je retourne sur le site Internet de Dejaembe, je cherche l'adresse d'un bureau, d'un siège social, tout est virtuel soudain. Je m'en étonne. Je lui laisse un mail. Deux. Calme le jeu, je me dis. Je ne veux pas l'alarmer mais ce serait bien qu'il me contacte avant sa rencontre avec Nitch, afin de faire un point.

Mais au moment où je ressors du bar, Myrtille Poisson m'attrape par le col, et me colle contre le mur :

— Je t'ai dit quoi, connard, je t'ai dit quoi ? Je t'ai dit que si jamais il te prenait un jour de tout lui déballer au baron, je te tuais. Je te l'ai dit ou je ne te l'ai pas dit ?

Elle n'a pas dit « canard ».

— Qu'est-ce qu'il t'a pris de tout lui dire ? Je t'avais prévenu, le baron est un sac de remords, de larmes, à ras bord. Une putain de bombe à retardement. Nitroglycérine, on l'appelait entre nous au syndicat des Plumes.

Elle sort de son sac à main un petit pistolet, sa crosse est striée comme une râpe à fromage :

— C'est un Dai Lung, 6 mn, c'est chinois, à trente mètres, c'est parfaitement inefficace, mais là…

Elle m'enfonce le canon de son arme juste en dessous de la ceinture. Exactement là. Elle va tirer, je n'ai aucun doute là-dessus. Je devrais appeler à l'aide. Mais elle paraît si bouleversée. J'ai peur comme jamais je n'ai eu peur, et je ne laisserai personne dire qu'au moment de mourir on voit sa vie défiler devant ses yeux, c'est faux. Sur le mur, derrière elle, ironie des ironies, est taguée au pochoir la fameuse inscription : « amour ». Jean-Luc, le célèbre grapheur du Carreau du Temple, est passé par là. Myrtille sort de ses gonds.

— J'y ai cru. À nous deux, j'y ai cru. Comme jamais, pourquoi t'as tout gâché ? Par culpabilité ? Saleté de culpabilité ! Il ne faut jamais avouer. Jamais ! Avouer : c'est ça qui nous tue.

Oui. Au mieux, je vais crever comme un chien sur ce trottoir, et mon sang va s'écouler comme de la pisse chaude jusqu'au caniveau, au pire, je vais rester cloué le reste de ma vie dans un fauteuil roulant avec une poche d'aisance pour toute compagnie. Même Pat me laissera tomber quand elle saura comment j'ai trahi le noble Dejaembe. Mais ce qui se produit ensuite est incroyable, et cela a pris sa source, je le sais, il y a bien longtemps, plus d'un demi-siècle auparavant.

Voilà. Un de mes aïeuls, Albert Soldatini, venu du Perche à Paris pour soutenir les fédérés de la Commune, un jeudi 6 avril 1871, a retenu un bras d'honneur en direction des forces versaillaises alors qu'il était juché sur une barricade, ce bras d'honneur a muté en un coup de pied dans le tibia que Gaétan, son fils aîné, avait l'intention de donner à un camarade de classe, mais là aussi, le geste a été retenu, il a attendu vingt-deux ans avant de renaître sous la forme d'un sourire sur le visage de Laetitia Soldatini, mon arrière-arrière-grand-tante mais l'homme à qui le sourire était destiné a tourné le dos trop vite à une vie d'amour, encore raté, ce sourire avorté s'est transformé en entrechat,

entrechat d'un petit rat de l'Opéra, puis, sautant par-dessus les ans, en grattement sur bouton de varicelle, c'était il y a douze ans, et c'est mon oncle Bastien qui là s'est retenu, je passe sur l'index de mon père voulant montrer la direction du Sacré-Cœur à une touriste belle comme la Loren, et sur le clin d'œil trop timoré qui a suivi, pour arriver à cette seconde qui nous occupe. Tous ces gestes contenus pendant toutes ces années viennent fleurir là, sur ce trottoir, accouchant d'un Nihon-Nukite que j'exécute à la perfection, attaque aux yeux avec deux doigts, qui est loin de rater sa cible. Dans un cri de douleur, Myrtille Poisson lâche son Dai Lung, et porte ses mains à son visage, j'en profite pour m'esquiver, puis reviens pour ramasser le pistolet, ça peut servir. Une bouche de métro, au loin, me fait signe de la rejoindre. Je ne cours pas, j'ai compris la leçon d'Al Pacino dans *Le Parrain*. Le bruit de ma respiration, par paliers, disparaît. Tiens. Je suis calme. Et la peur s'est envolée. Derrière moi, Myrtille Poisson s'est agenouillée, se frottant les yeux et digérant son complexe de supériorité dans l'indifférence générale. Mon génial Nihon-Nukite a fait mouche. Ma théorie sur la métempsychose des gestes vient de livrer un formidable exemple. J'en profite pour filer. Le métro est bondé. Les gens s'écartent un peu, ils ont senti ce qui se passe en moi, cette énergie vitale qui m'a sauvé la mise.

À vingt heures, je me mets en planque face au café *La Fourmi*. Le soir tombe, juste ce qu'il faut, et je peux distinguer derrière les vitres un petit groupe d'hommes attablés, une dizaine, quadras pour la plupart, l'ambiance est terriblement amicale. Nitch et sa moustache avec impériale est parmi eux. Il se tient debout, comme un clou d'arrogance fiché dans le sol. Il est là, sans être là, c'est sa force, il le sait. Je ne vois pas Dejaembe. Si, le voilà qui les rejoint, il se dandine, rumba pour hommes, captant vite leur attention, il y a des sourires et puis des rires, le charme du baron opère, pas besoin d'entendre ce qu'il dit pour cela, sa parade a du chien. On l'invite à s'asseoir. Il devient le centre de la discussion, l'un des leurs. Nitch est le dernier à céder à son charme. Je peux presque lire sur leurs lèvres :

— Ah, Daniel ! Je me souviens maintenant, c'est toi qui avais balancé des œufs sur le prof de maths ce jour-là. Il s'appelait comment, déjà ?

— Meyer.

— Oui, Meyer, quelle buse ce Meyer !

Le plan du baron Dejaembe fonctionne à plein régime. Je prends alors conscience que cette assemblée de vieux copains, qui me paraissait si poussiéreuse, presque ridicule, me fait soudain très envie. Je fais rapidement le compte des amis de lycée que je pourrais convier à ce genre de raout, mais leur nombre tombe vite au niveau de zéro, et ce brusque constat me plonge dans un puits de grisaille. Vite, s'inscrire sur mes-bons-amis-de-lycée.com, revoir les visages, attendre les réponses à mon invitation, un, puis dix, quinze retours enthousiastes, bientôt vingt ex-lycéens de Jacques Decour qui se souviennent de moi avec indulgence, avec enthousiasme… Des souvenirs qui affluent, que des bons, et un portrait de moi qui se dessine, inédit et flatteur, et la perspective d'une vie sans tendresse qui s'éloigne, d'un coup. Les rêves éveillés nous endorment quand d'autres nous réveillent.

J'ai dormi longtemps, on dirait. *La Fourmi* est fermé à présent. La guirlande qui entoure le calicot extérieur s'éteint. Il est si tard ? Je laisse un SMS au baron : « Du nouveau ? » À l'heure qu'il est, son carnet Hello Kitty doit être noirci de sa fine écriture, un fil ininterrompu de suppositions, de théories, ce monde insensé de spéculations qui le passionnent tant. Demain matin, au plus tard, j'aurai la réponse à mon énigme. Demain, tout rentrera dans l'ordre, la gifle de Nitch livrera son secret, si ordinaire, si petit, si banal qu'elle en aura un peu honte, la gifle.

15

Je ne rentre pas chez moi. Myrtille Poisson doit faire le siège de mon appartement, elle a sûrement dû rameuter ses sbires pour me faire la peau. Poisson est une coriace, une revancharde de la plus belle espèce. Renée n'est donc pas surprise de me voir là sur son palier.

— Ça te va bien la moustache avec impériale.

Elle n'a pas de nouvelle du baron. Ni de Nitch, bien entendu.

— En revanche, un flic est venu me voir. Juliette s'était cachée dans le placard à balais. Après, on a bien ri toutes les deux. Le flic n'y a vu que du feu. Elle n'est pas bête cette môme. Ses parents sont, paraît-il, inquiets, ils pensent à une escapade planifiée depuis longtemps. Ils me suspectent.

— Il va bien falloir que tu la rendes ?

— Juliette veut rester ici, avec moi. Elle est persuadée que ses parents lui préfèrent Roméo, son jumeau mort. Je n'arrive pas à lui enlever cette idée de la tête.

— Elle a huit ans, Renée. Ceci est un enlèvement, au regard de la loi.

— C'est aussi l'âge des premières fugues, mon chou. Quand j'ai fait la mienne, si un couple d'homos ne m'avait pas dénoncée à la gendarmerie, je serais peut-être reine d'Égypte ou bien femme au foyer, à l'heure qu'il est.

— Et si je te dénonçais, Renée ?

— J'adorerais ça mais je te connais bien, tu n'en es pas capable.

Nous nous couchons côte à côte. 38e et 39e parallèles.

— Et pourquoi tu ne dors pas chez toi ?

— J'étais inquiet.

— Tu es tout le temps inquiet.

— C'est vrai mais là… Il s'appelait comment ton policier ?

— Scheitzer. J'avais du mal à savoir où il voulait en venir. Il semblait obsédé par quelque chose, non pas de mettre la main sur Juliette, sinon il l'aurait retrouvée en deux coups de cuillères à pot. Le fond d'un placard n'est pas le fond de l'Amazonie. Non, une obsession disproportionnée, comme déconnectée des raisons de sa présence chez moi.

— Scheitzer est protestant, le schisme le travaille.

— Ah, c'est pour ça…

— Ceux que le schisme travaille savent combien c'est douloureux. Les autres sont des amateurs de la douleur rentrée.

Je remonte la couverture sur Juliette à qui Renée a fait un petit lit par terre. Nous sommes une famille. Rien, cette nuit-là, ni l'odeur de la peau de Renée, ni la chaleur de son dos nu, n'éveille en moi le sexe ou quelque chose s'y approchant.

À cinq heures, je me lève pour écrire mon édito. Les cinq feuillets sur le remaniement annoncé me prennent quarante minutes à peine. Triturant mon impériale avec un mélange de dignité et de malice, les idées coulent de source. Quand je referme la porte de chez Renée, doucement, j'ai le pressentiment que quelque chose va se passer, quelque chose de décisif. Avons-nous tous ce genre de prémonitions, plusieurs fois par an, ou par mois pour les plus tourmentés ? Ce sentiment que la bascule de notre vie est imminente ? Est-ce pour se prouver qu'on existe ? Qu'on peut changer ? Très souvent, ces prémonitions ne font pas long feu. Mais cette fois-ci, c'est différent.

16

Scheitzer a sa mine des mauvais jours.

— Nitch est mort, monsieur Soldatini. Guillaume Leroux, le galeriste, je veux dire. Le commissaire d'exposition. Il a été a-ssa-ssi-né.

Quelques Tweets ont éventé mon arrestation qui a eu lieu au sortir de ma chronique de sept heures, et avant même que j'arrive au commissariat, deux mille retweets avaient vu le jour, comme autant de popcorns vicieux. Lynchage matinal, lynchage inamical. Bientôt deux heures que je suis dans ce petit bureau et je ne sais toujours pas ce qu'on me veut. On m'a confisqué mon téléphone, et le Dai Lung de Myrtille Poisson est mollement posé sur le bureau, en face de moi, juste à côté d'une photo de famille encadrée que le reflet de la vitre m'empêche de voir. Le bureau est minuscule, une table en formica, pas de lampe LED, juste un néon qui frétille, comme pressé d'en finir. Je suis assis sur une chaise rembourrée qui couine à chacun de mes mouvements, c'est un détail je sais, mais cela me fait penser à Brugnon, le cochon d'Inde que j'avais quand j'étais enfant, et que le cul énorme de Tata Odile avait aplati comme une crêpe. La mort de Brugnon, voilà quelque chose qui m'a marqué. Le couinement du siège est si près du dernier souffle de ma bestiole adorée que j'en ai les larmes aux yeux. Tata Odile en fut désolée bien sûr, et je pouvais accepter ses excuses, comprenant confusément pour la première fois de ma courte vie que le monde se divise en deux : les choses excusables et les autres, les excuses d'un cul champion du monde des culs entrant évidemment dans la deuxième catégorie. Tata Odile fut exclue de mon royaume.

Fabrizzi, l'adjoint de Scheitzer, apparaît à son tour, avec trois mini gobelets de café, autant dire trois gorgées.

— Votre amie Renée a-t-elle à voir avec tout ça ?

— Est-elle votre complice ?

Non Fabrizzi, je ne dirai rien sur Renée !

— Vous avez été élu suspect numéro 1 Soldatini.

Fabrizzi hausse le ton en tripotant le Dai Lung comme si c'était un Playmobil sans se soucier un instant d'y coller ses propres empreintes digitales.

— Et cette arme, elle faisait quoi dans votre poche ? À trente mètres, c'est parfaitement inefficace, mais à bout portant… Vous avez un permis ? Quelque chose qui y ressemble ? Un passe Navigo.

Si je leur raconte comment j'ai récupéré cette arme, ils vont me prendre pour un affabulateur. Ils chercheront à en savoir plus, et qui sait, le poisson rouge du baron Dejaembe refera surface au moment le moins opportun.

— Les germes de la trahison, comme ceux de la réussite, sont plantés en nous dès l'enfance, on peut s'en attrister ou s'en réjouir, mais on ne peut ignorer ce principe mis en place il y a fort longtemps quand une certaine Ève et un certain Adam ont mordu dans une pomme. Pendant longtemps, on a cru que le malheur était tombé sur le monde par leur faute. C'est un serpent qui leur fait croire que s'ils goûtaient ce fruit, ils pourraient décider seuls de ce qui est bien ou mal. Ouille. Et comme Adam accuse Ève, et Ève accuse le serpent, nous aimerions pouvoir rejeter la responsabilité de nos fautes sur le voisin.

Le lieutenant Fabrizzi s'emballe.

— C'est la trahison qui révèle la puissance de l'amour, sa raison d'être. On est bien d'accord ? Sans trahison, impossible d'y voir clair dans tout ça. Avec, c'est déjà tout un binz, alors…

— Qu'est-ce alors qui n'est pas « tout un binz », Fabrizzi ?

— Regarder le soleil qui se couche, capitaine.
— Sortir une tarte salée du four ?
— Oui. Aussi.

Personne ne comprend le sens de cet échange. Ni Scheitzer, ni même Fabrizzi qui ne s'appesantit pas. J'en profite.

— Cette arme, je l'ai trouvée dans un caniveau, ça paraît incroyable mais c'est la vérité.

J'ai mis toute mon âme dans cet « incroyable ». Et à ma grande surprise, « incroyable » est validé. Y a-t-il un piège ? Est-ce une technique d'interrogatoire non répertoriée ? Une technique biélorusse ou ukrainienne ? Scheitzer m'annonce avec regret qu'ils ont recueilli un tas de témoignages qui vont tous dans le même sens : je chercherais à me venger du dénommé Leroux alias Nitch, à la suite d'une prétendue gifle qu'il m'aurait donnée pour des raisons qui restent inconnues au café *La Fourmi.*

— Une balle de Dai Lung l'a tué à bout portant hier. Chez lui. On a vérifié, la balle provient de l'arme qu'on a trouvée sur vous.

— Mobile, plus balistique défavorable. La pente devient raide.

Je proteste, ce n'est pas possible, Nitch était encore vivant, je l'ai vu au café avec ses amis, le baron Dejaembe pourra en témoigner.

— C'est une machination. Je ne vois que ça.

— Autant vous le dire tout de suite, les statistiques ne sont pas de votre côté, la machination plafonne à trois pour cent dans les résolutions de meurtres, en comptant bien sûr l'assassinat de Kennedy.

— Trois pour cent, ce n'est pas rien.

Fabrizzi ne tient pas en place, il veut en découdre.

— Myrtille Poisson, baron Dejaembe. On convoque, on recoupe. Et hop ! On balance le tout au procureur Raymondu.

Scheitzer esquisse un sourire malicieux :

— C'est quoi cette histoire de gifles ?

Il rajoute « au juste » dans le seul but d'adoucir la raillerie à peine retenue de la question. Je me demande si Annette lui a parlé de nous. Je développe l'histoire de la gifle, puis des gifles données par Nitch, la mienne, puis celle donnée à Balthazar – je décide de ne pas évoquer ma rencontre à ce sujet avec sa belle-sœur. J'échafaude une théorie comme quoi ces gifles feraient partie d'un tout, un tout nébuleux bien sûr, mais un tout cohérent. Je suggère qu'il faudrait rechercher d'autres gifles données par Nitch, enquêter sur chacune d'elles, les mettre en perspective, faire la tambouille habituelle et que…

— Et que quoi monsieur Soldatini ?

— Et que forcément quelque chose en sortira, quelque chose comme une piste. Que je sois suspect, ça tombe sous le sens, mais le premier suspect est rarement le coupable. Vous le savez comme moi, les romans policiers le prouvent, sinon, il n'y aurait que des nouvelles policières, jamais de roman. Il faut que je vous avoue autre chose : le baron Dejaembe, je l'ai embauché pour faire toute la lumière sur cette histoire de gifles. Appelez-le. Il vous dira tout. Il a bien avancé dans ses recherches, je crois.

Fabrizzi regarde sa montre : c'est l'heure de son jogging. Fabrizzi s'entraîne une heure par jour, c'est ce qui l'empêche, il y croit dur comme fer, de finir dans le camp des nocifs. Il court depuis toujours. En plus, en ce moment, il est amoureux de Charlie, une joggeuse Arménienne dont il a repéré l'emploi du temps sur une main courante, une affaire de vol de chien, il n'est donc pas question de le tenir en laisse plus longtemps.

— Vous pouvez y aller, Fabrizzi ! Bonne chance avec votre Arménienne. Ne l'effrayez pas, surtout. Faites-la marcher.

Fabrizzi met les mini gobelets à la poubelle, et du plat du pouce absorbe une goutte de café renversée qui, en séchant, aurait pu témoigner de ma fébrilité coupable, il ne me salue pas et sort tout en délaçant ses chaussures de ville.

— Contrairement aux apparences, Fabrizzi est d'une grande finesse. Fabrizzi est le seul être sur terre que rien n'étonne et que tout étonne. Intéressant, non ? Et très utile. Et rare. L'opacité des motivations humaines épouse parfaitement sa vision du monde : voir ce que personne ne voit, laisser venir à soi les petits fragments de vérité et négliger ostensiblement tout le reste. Lui et moi nous sommes raccord sur tout. Ah oui… J'oubliais : Fabrizzi et moi, nous voulions savoir si vous aviez revu la petite Juliette ? Ses parents sont inquiets, ça fait quatre jours qu'elle a disparu. Nous pensons à une fugue. Tout le démontre. C'est une enfant très mature. Je me disais… peut-être que votre amie Renée a encore fait des siennes.

Il me laisse seul, technique habituelle, et revient au bout de quarante minutes. Sa mine s'est acoquinée avec un mauvais pressentiment.

— Le baron Dejaembe n'existe pas, Soldatini. Aucune trace de lui. Son site Internet n'existe pas non plus. Et le fameux demi-immeuble dans le septième arrondissement ne lui appartient pas. Il y a donc, comme on dit chez nous, une faille. Mme Poisson aussi est introuvable, elle existe sans doute, mais dans quelle vie ? Vous le savez, vous ?

La nouvelle est sidérante. Dans une minute, il va me dire que Nitch ne m'a jamais giflé. Et que moi non plus, je n'existe pas.

— Qui êtes-vous monsieur Soldatini ? Au juste ?

17

Une petite foule de badauds se presse contre deux barrières posées n'importe comment devant le 12 de la rue Jacques Lacan. Le procureur Raymondu et ses deux béquilles, ça se sent, ont du plaisir à fendre la foule, cette jubilation au fil du temps a creusé sur la joue gauche du magistrat une ride en diagonale, ça fait cicatrice, il aime bien « faire viril ». Nous profitons de son sillage pour nous engouffrer à sa suite, le capitaine Scheitzer, Fabrizzi et moi. Le procureur engueule le planton, le longiligne brigadier Gaget, pour ses barrières mises à la con.

— Je les ai mises en « V » comme c'est dit dans le manuel, monsieur le procureur.

— Si vous appelez ça un « V » je suis le fils caché de Batman. Lâchez un peu le manuel, Gaget, vous êtes dans la vraie vie maintenant.

— Il n'y a pas que du mauvais dans ce manuel, monsieur le procureur.

— Vous avez raison, Scheitzer, pour caler les imprimantes, ils sont parfaits.

— C'est une idée excellente, monsieur le procureur. Faudrait juste qu'on nous les livre un jour ces imprimantes.

— Vous êtes le prince des récalcitrants, Scheitzer ! Quand j'écrirai mes mémoires, capitaine, soyez assuré d'avoir un paragraphe consacré à vous, et à vous seul.

— Je suis impatient de le lire.

— Ne le soyez pas trop ! « L'homme sans jambes n'est pas sans avenir », disait Toulouse-Lautrec…

— Toulouse-Lautrec avait des jambes, lui.

— À propos de jambes…

Quand le procureur prononce ces deux mots : « À propos », il faut s'attendre à tout : fulgurance comme crétinerie. Pourtant, le procureur Raymondu n'est pas n'importe qui. Ses pattes folles – jambes molles – lui confèrent une autorité qu'il gère avec parcimonie, son père, ancien cadre de Securitate exfiltré par le SDECE en son temps lui a légué un sens des priorités bien pratique, il en a fait sa marque de fabrique : la *Raymondu's touch*. Une chose après l'autre, est sa devise. Lui et Scheitzer sont à couteaux tirés, tout le monde le sait, à propos d'une vieille histoire qu'il est strictement interdit d'évoquer sous peine de cataclysme nucléaire.

— Merde. Scène de crime sans ascenseur ! Ma chance. C'est au combien votre affaire, Scheitzer ?

— Cinquième. Je vous porte sur mon dos, monsieur le procureur ?

— Je veux bien, capitaine, avec ces béquilles à la con, j'en ai au moins pour une heure.

Scheitzer charge le procureur sur son dos, ses béquilles viennent cogner contre ses genoux, cling, cling, il s'en fout pas mal, son parfum à la violette lui tient lieu d'oxygène. Direction : les hauteurs ! Quant à moi, je suis là dans mon rôle de suspect numéro 1 et on m'emmène sur la scène de crime, ça se fait, il paraît, même si le manuel du brigadier Gaget n'en parle pas. La scène de crime : là où Nitch a péri, là où mon Dai Lung aurait fait des siennes, là où la vérité va nécessairement reprendre du galon. Pendant le trajet, pas un mot d'échangé entre le procureur et le capitaine. On se pousse à notre passage, le pouvoir a du bon, surtout quand le palier rétrécit, entre le troisième et le quatrième étage. Là, nous croisons le légiste.

— Alors, docteur ?

— Mon rapport sur votre bureau dans deux heures.

— C'est bien le minimum, vu ce que vous coûtez à l'administration.

— J'adore votre humour, monsieur le procureur.

— Ce n'est pas de l'humour, ça s'appelle le sens de l'État.

Plus que quelques marches, le procureur déteste quand Scheitzer l'a sur son dos, celui-ci en revanche rêve d'une tour de cinquante étages, noire de monde, pour que l'humiliation soit illimitée. Le procureur déteste aussi qu'on lui serve du « monsieur le procureur » à tout bout de champ.

— On est bientôt arrivés, « monsieur le procureur ».

L'odeur de violette du parfum de Scheitzer vire à l'âcre, puis à l'irrespirable. Chaque centimètre carré de l'appartement de Guillaume Leroux sent la mort jusque dans les jointures du parquet en PVC, faute de goût pour un commissaire d'exposition de sa réputation.

En entrant dans la chambre de Nitch, cinq choses sautent aux yeux de Scheitzer : le motif de l'abat-jour, une griffure sur le parquet, une carte postale postée de Modane, une anse de tasse à café orpheline et, pour finir, une paire de tongs avec fleur en plastique. Il s'en tient là : cinq détails suffisent. Sa machine à relier les signes n'a pas besoin de plus, la preuve : elle s'est mise en branle et c'est beau à voir. Pendant ce temps : les béquilles du procureur Raymondu vont et viennent comme les ailes d'un moulin à vent désynchronisé. Néanmoins,

Raymondu ne jouera pas les Don Quichotte ! Pas pour le moment, même si ce rôle lui va comme un gant.

— Prévenez-moi, monsieur le procureur, quand vous voulez redescendre !

— Merci Scheitzer, mais Gaget va se faire un plaisir de me trimbaler sur son dos.

— Plaisir partagé, j'imagine.

Raymondu grogne une réponse de marcassin. Les flashs du photographe crépitent, débitant la scène de crime comme un quartier de bœuf. Le procureur attrape Scheitzer par le bras. Son autre main agrippe le rebord d'une cheminée factice, nouvelle faute de goût.

— Alors Scheitzer, qu'est-ce que vous en pensez ?

— J'y réfléchis. Je vous tiens au courant.

Le procureur me dévisage. À son regard cassant, je sens que je ne fais pas le poids, il sait, il a ça dans le sang, reconnaître un coupable au premier coup d'œil.

— Et votre suspect numéro 1, il fait quoi ici ? Tapisserie ?

— Je le garde sous le coude, il nous reste dix-huit heures de garde à vue. Ça l'occupe. Au pire, on fera des parties de Uno.

Raymondu conclut, au bord de l'exaspération :

— Si ça vous amuse…

— Vous savez bien ce qui m'amuse, monsieur le procureur.

Scheitzer aime bien ponctuer ses conversations avec le procureur de cette manière. Le procureur Raymondu est surtout un con, c'est ce que pense Scheitzer, un con à la limite de s'en rendre compte. Et ce moment lui sera fatal, toute la hiérarchie judiciaire ne le sait que trop bien. Elle attend ça avec gourmandise et un brin d'impatience. Scheitzer aussi, gourmandise et impatience étant à égalité. Le téléphone du procureur sonne. Il répond en professionnel. « Oui », il dit, puis « oui »... puis « oui, oui »... puis « oui, oui, oui ». La règle de trois. Il raccroche.

— Faites-moi plaisir, Scheitzer, reprenez tout à zéro. Et trouvez-moi des liens qui tiennent la route. Des liens logiques, professionnels. Sinon...

— Sinon quoi, monsieur le procureur ?

— Sinon, j'ouvre la boîte de Pandore.

18

Scheitzer, Fabrizzi et moi retrouvons notre petit bureau. Nous sommes rentrés en métro, ce n'est pas très réglementaire, mais l'immersion parmi les visages anonymes est paraît-il profitable à Scheitzer et Fabrizzi. La géographie des figures, leur superposition, leur comparaison, noyées dans cette soupe sonore inimitable qui mêle chuchotements et crissement de pneu, créent les conditions idéales de leur réflexion. C'est une forme de méditation ou de...

— Communion, précise Scheitzer. J'y tiens.

Fabrizzi nous livre alors son portrait de la victime. Fabrizzi se plie à cet exercice à chaque nouvelle affaire.

Guillaume Leroux. 45 ans. Célibataire. Commissaire d'exposition. Pas de famille. Peu d'amis sincères. Féru de Scrabble. Microscopiques rides ironiques autour de la bouche, études de clarinette interrompues tôt, tongs aux pieds quelle que soit la saison, ongles rongés par provocation : un sur deux. Paradoxe : épris de propreté. Bachelier à 16 ans. Science Po à 18 ans. Chagrin d'amour à 22 ans. Ne s'en est jamais remis.

Scheitzer aime le style de Fabrizzi, ça se voit à sa mine réjouie. En quelques mots secs, il réussit à brosser un portrait très parlant de ses modèles. Malheureusement, il est le seul à apprécier le style Fabrizzi. Bien souvent, ses notes partent directement dans la poubelle du procureur Raymondu, insensible à la poésie minimaliste comme aux âmes errantes. En entrant dans la chambre, cinq signes ont sauté aux yeux de Scheitzer. Fabrizzi est tout ouïe, goûtant par avance la promesse d'un voyage espéré et inattendu.

— Le motif ovale et jaune de l'abat-jour est un soleil aplati, le soleil qui s'aplatit indique la peur du néant, une légende Massaï tourne autour de cette figure, on trouve la même chose en Indonésie, et chez les Inuits.

— Je connais la version Inuit, se réjouit Fabrizzi, elle est un peu différente, mais pour l'essentiel s'en rapproche.

— La griffure est une virgule, c'est net, pas une apostrophe, une virgule, une respiration dans la phrase, il y a de l'espoir, le point final est à redouter, mais l'histoire n'est pas finie, souvent la deuxième partie d'une phrase vient contredire la première.

— Pas mal, dit Fabrizzi.

— L'anse de la tasse à café, c'est une oreille : je ne suis qu'une oreille, j'écoute, mais personne ne m'écoute.

— Hum, hum.

— La carte envoyée de Modane, je ne la lis pas, j'évite la psychologie, le marais des âmes meurtries.

— Bien, bien, et puis ? dit Fabrizzi, impatient d'entendre la conclusion.

— Modane, je décompose : mot d'Anne, un prénom de femme, non, trop simple ; Modane : mot d'Âne, l'âne, le plus beau cadeau qu'on puisse faire à une femme, l'âne : symbole de tendresse infinie. Un âne lui dit un mot, un âne ne parle pas, mais le miracle a eu lieu, il a parlé, c'est l'oracle, quel est ce mot ? Je ne veux pas le savoir. Elle ne veut pas le savoir non plus. Elle espère et redoute de connaître ce mot : toujours l'espoir, dans un monde au soleil qui s'aplatit.

— Et la tong, vous en faites quoi ?

— J'ai un peu calé sur la fleur de la tong, Fabrizzi. Il y a plus à boire qu'à manger là-dedans.

— Je m'en doute, je dis. Quel genre de fleur ?

— Un myosotis.

— Myosotis, pas mal.

Fabrizzi est calé en horticulture, c'est un détail que j'apprendrai plus tard, quand nous serons devenus bons amis, avant qu'il épouse son Arménienne.

— Finalement, en croisant la carte postale de Modane et la griffure sur le parquet : parquet de Modane/griffure de la carte, la fleur de la tong livre son secret.

— Tout ceci est fichtrement bien emboîté.

— À moitié cachée sous le lit, la fleur de la tong crie ce que Nitch n'ose pas murmurer : « mio zoti », qui en vieux dialecte des Pouilles veut dire « mon destin ». Je veux exister dans un monde de tendresse infinie où le soleil s'aplatit, car ma peur de le voir disparaître me pousse vers mon destin.

— Bien joué !

— Je suis un « homme sans histoire ».

— C'est cela capitaine. Un être sans histoire ou, pire, qui s'imagine qu'il n'en a pas. Donc qui en veut une, secrètement.

— Notre tueur… ou tueuse a rayé Nitch de la surface de la Terre pour cette raison. Les gens sans histoire n'ont pas lieu d'exister. Votre assassin a séparé le monde en deux.

— Toujours cette manie de séparer le monde en deux, capitaine…

Cette dernière phrase semble mettre Scheitzer en apesanteur.

— « Ceux qui ont une histoire et ceux qui n'en n'ont pas. » Comme écrivait Hermann Bloch.

Il se débat maintenant avec cette phrase, c'est touchant à voir, qui est, comme un poisson chat, prise dans un filet à mailles fines.

— Qui peut diviser ainsi le monde Fabrizzi ?

— Un policier, un historien, un stoïcien, un politicien, un mathématicien, un romancier, un cartomancien…

— Romancier. Les histoires sont leur matière première. Et les personnages, leurs créatures.

Je mets un bémol à la clé.

— Vous savez comment on appelle « ça », capitaine ?

— « Ça » quoi, Soldatini ?

— Oui, ça : votre machine à signes ? Votre shaker ? Ce que vous agitez en ce moment devant moi. En psychiatrie, on appelle ça une apophénie.

— Je ne savais pas. C'est grave ?

Scheitzer fait un petit signe de tête qui m'incite à poursuivre :

— L'apophénie est une détérioration de la perception qui conduit une personne à attribuer une signification particulière à des événements négligeables en établissant des liens non motivés entre les choses sans rapports.

— Tout à fait moi, poursuivez !

— Certains individus atteints d'apophénie remarquent de manière étonnamment élevée l'apparition de motifs dans des ensembles de données totalement aléatoires. Pour en tirer des conclusions définitives, parfois des enseignements radicaux et, ce n'est pas rare, des passages à l'acte imprévisibles.

— Vous voulez dire que le capitaine est schizophrène.

Scheitzer refait un petit signe de tête, doublé maintenant d'une moue, invitant Fabrizzi à relativiser son jugement. Superfétatoire. Je tire le fil, je rembobine.

— Jung – remarquez que c'est le nom de la rue où logeait Nitch…

— C'était Lacan. Rue Lacan.

— Au temps pour moi. Jung, donc, se contente lui de décrire le phénomène tel qu'il est vécu, sans préciser si ce phénomène consiste en une distorsion de la perception ou s'il s'agit d'un contact singulier avec une véritable réalité métaphysique.

Telle Cristobale, je retiens ma flèche.

— Klaus Konrad a conclu que ce phénomène est devenu plus largement utilisé pour décrire cette tendance chez des individus sains sans nécessairement impliquer la présence de troubles ou de maladie mentale.

Scheitzer n'est pas fou.

— Hermann Bloch avait raison, donc.

Le procureur Raymondu s'invite alors en Face Time. Pour lui, la folie de Scheitzer ne fait pas de doute, elle est caractérisée.

— Qu'est-ce que c'est que ce tissu de conneries, capitaine ?

Le procureur est furieux. Il sait que ça impressionne les gens qui seraient amenés à passer dans le couloir.

— Non, Scheitzer ! Vous n'arriverez pas à me convaincre cette fois-ci. La chance ne sera pas toujours de votre côté. Elle tourne, on vous a mis au courant qu'elle tourne, cette salope ? Rapportez-moi du tangible, Scheitzer. Parce que là, votre délire sur la fleur en plastique des tongs de la victime vous conduit directement aux portes de l'HP, vous vous en rendez bien compte ?

— Ça se pourrait, monsieur le procureur, c'est pourtant là qu'on devrait recruter. Avoir un pied dans l'irrationnel aide à comprendre le crime. Relisez Dostoïevski, monsieur le procureur. Il n'y a pas que des gentils et des méchants dans la vie, il y a tous les autres.

Sa main crispée balaye la suggestion.

— On y pense, Scheitzer… Et vous comptez interroger qui ? « Ceux qui ont une histoire ou ceux qui n'en n'ont pas. »

— Nous pensons que l'hypothèse du romancier supprimant tous ses personnages, ou plutôt tous ceux qui ont inspiré ces personnages dès qu'ils deviennent inutiles ou inopérants d'un strict point de vue narratif, est une proposition qui cadre bien avec les relevés de détails tant physiques que psychologiques que nous avons faits, Fabrizzi et moi, sur la scène de crime.

— Ça ne tient pas debout, et le seul fait d'en parler avec vous me range ipso facto dans la catégorie des…

Il s'interrompt : c'est son plaisir. Lui aussi, retient sa flèche, il sait faire. Décidément.

— Je finis, monsieur le procureur : le romancier se prend pour Dieu, par définition : il a droit de vie et de mort sur ses personnages. Un feuilletoniste de la fin du dix-neuvième siècle avait pour habitude, quand il tuait un de ses personnages, de fabriquer une marionnette à son effigie, et d'enfermer cette marionnette dans un placard qu'il appelait son cimetière à personnages. Et vous savez pourquoi il faisait ça ?

— Pour être sûr de ne pas s'en resservir ?

— Exactement, il ne voulait pas d'immortels dans son roman. Notre romancier à nous tue ses personnages quand il en a fini avec eux. Les rayures au Bic sur le visage de Nitch évoquent la rature de l'écrivain. « Biffer » est son credo. Sa signature.

— Bla, bla, bla. Ils écrivent tous sur ordinateur maintenant. Traitement de texte ! Elles sont dans votre tête les rayures, Scheitzer. Ce sont les barreaux de votre prison mentale.

Raymondu nous raccroche au nez. Fabrizzi regarde sa montre, il bout d'impatience : c'est l'heure de son jogging. Il paraît que ça avance bien avec son Arménienne.

— Qu'est-ce qui avance bien ?

— Notre relation. On ne rencontre pas les gens de la même façon en courant qu'en marchant, qu'en marchant ou qu'en position assise, je ne parle pas de la position couchée, qui est sans doute la pire des positions pour envisager l'avenir avec lucidité et responsabilité.

Fabrizzi reparti, je demande :

— Et mes histoires de gifles, elles viendraient faire quoi là-dedans ?

Scheitzer ne sait pas. Il promet d'y réfléchir à tête reposée.

— Je suis encore « suspect » ?

— Plus le numéro 1 en tout cas.

Il me sourit, entre complicité et expectative. Je lui souris.

— J'ai l'impression que… moi aussi, je suis atteint d'apophénie.

Sa belle-sœur, Annette, l'appelle, elle allait se coucher. Il laisse le haut-parleur, volontairement j'imagine.

— J'ai fait une quiche, je te la laisse dans le micro-ondes ?

— À quoi la quiche ?

— Épinard, roquefort, ail.

— Léger sur l'ail ?

— Juste ce qu'il faut.
— Tu as passé une bonne journée, Annette ?
— J'ai surtout relu tout Dante. Et toi ?
— Je suis content de rentrer. Tu dormiras ?
— Il y a des chances.
— On se voit demain matin pour le café alors ?
— On fait le pari ?

Scheitzer sourit à nouveau, un sourire pas loin d'être béat. Il croise mon regard attendri, se rend compte qu'il a laissé le haut-parleur activé.

— Je te laisse, suis en réunion Annette.

Son sourire s'évanouit, sa béatitude s'attarde un instant comme ces invités qui ont du mal à quitter une fête de peur de se retrouver seuls dans leur petit chez-eux à deux balles.

— Vous restez dans le coin ? J'aurai sans doute besoin de vos lumières.

— À votre service, capitaine.

— Comme disait je ne sais plus qui à Vladimir Jankélévitch dans l'émission de Pivot : j'aime bien votre façon de penser le monde.

Lever de rideau : il met fin à ma garde à vue. Mes lumières en bandoulière, je signe en bas de la page, recto, verso, tout juste au-dessus de mes empreintes alignées en rangs d'oignon. L'image de Fabrizzi courant avec son Arménienne me vient, je vois leurs foulées subtilement synchrones, le soir qui tombe, j'imagine leur conversation : il parle de tout, de rien, elle non, son arbre généalogique parle à travers elle, branche par branche, et chaque foulée enjambe une génération. Fabrizzi en est tout étourdi, lui qui a tout coupé derrière lui, branche comme racine. Il est bientôt question de Nitch, de l'interprétation des signes, de la méthode Scheitzer, ils passent la barre des dix kilomètres, harmonie/transpiration est leur devise, la méthode fait des petits, au douzième kilomètre, elle s'impose comme l'évidence même, et l'Arménienne conclut par ces mots : « Celui qui ignore les signes ignore son prochain, et celui qui ignore son prochain meurt à petit feu. » Son vrai nom est Maritza, pas Charlie, elle n'est jamais allée « là-bas », mais a promis à son père de s'y marier, si possible avec un gars du coin. Fabrizzi se dit alors qu'il pourrait courir des siècles, jamais il ne rattrapera ce « gars du coin ».

Je téléphone à la station pour les informer que ma garde à vue est levée, que je ne suis plus le suspect numéro 1. Je demande à parler au rédacteur en chef, on me passe Baptiste, notre journaliste star, qui en profite pour me cuisiner sur mon affaire, il me traite en informateur lambda, mélange amer d'empathie et de détachement, ça me fait drôle d'être à cette place-là, celle du quidam. Je le préviens que je serai de retour le lendemain pour mon éditorial, que j'ai ma petite idée : quelque chose d'incisif et de... Baptiste raccroche précipitamment : l'antenne n'attend pas.

Quelques minutes plus tard, je reçois un sms sans émoticônes du rédacteur en chef qui me prévient que j'ai été remplacé par Hubert Chiffe, le temps que mon affaire se tasse, mon taux de retweets est encore trop élevé à son goût, il faut attendre qu'il redescende un peu. Tranquillement. Je me souviens d'une visite chez le médecin, c'était il y a cinq ans, une histoire de rechute inquiétante avec « cholestérol » en lieu et place de « retweets ». Il m'avait dit : ces affaires-là, c'est comme le yin et le yang, ça va, ça vient, ça balance.

Rien dans la presse sur la mort de Nitch, rien sur les réseaux sociaux non plus, contrairement à ce qu'on pourrait imaginer, la mort d'un commissaire d'exposition ne fait pas tant de vagues. Dieu n'existe pas, le baron Dejaembe non plus. Quelque chose s'écroule en moi, je le sens. Mais quoi ? Quelque chose qui ressemble à une digue qui retiendrait toutes mes illusions, mes égarements et mes lâchetés, et je m'attends, stoïque, quoiqu'inquiet, à un déferlement de vieilles rancœurs. Quant à Myrtille Poisson, elle m'a laissé soixante et onze messages qui pourraient se résumer en un seul : elle veut me mettre en pièces. Un roman partial s'écrit sur mon dos, je sens la pointe du Bic qui s'enfonce dans ma peau, et à chaque virgule, chaque point, quand il va à la ligne, la peur fait des siennes. Oui, j'ai peur, j'avoue, une sorte d'inquiétude fait son nid, épaisse comme une moquette épaisse, et malodorante.

Je retrouve Renée à une compétition régionale de tir à l'arc, de haut niveau précise le prospectus, catégories poussin et minime. Juliette a paraît-il négocié avec sa famille de voir Renée deux demi-journées par semaine, je n'y crois pas une seconde, c'est pourtant l'explication que m'a donnée Renée qui elle non plus n'a pas de nouvelles du baron.

— On devait se revoir avec le gros Hervé. Mon idée de livre basé sur mon programme pour remonter la pente le bottait bien. Il pensait même à un éditeur important. Européen, il a dit. Il voyait grand, ça m'a bien plu.

— Tu as terminé tous tes exercices ?

— Les dix oui, tu veux que je te raconte ?

Elle me les raconte, tous : faire la queue à Pôle Emploi, faire du yoga dans un cours « homme »...

— Faire un coming-out, voler un œuf, se réconcilier avec un parfait inconnu, suivre toute une journée le premier venu, annoncer à sa mère qu'elle n'est pas sa fille...

Elle détaille les effets de ces exercices, leurs conséquences, élabore une théorie fumeuse sur le surmoi du surmoi qu'il faudrait décoller de son piédestal, de quoi parle-t-elle ? Mais c'est surtout sa stratégie de coaching pour remonter la pente qui la mobilise, elle agite dans tous les sens sa conviction de tenir là une sorte d'élixir, un remède à tous les problèmes – elle les énumère – d'estime de soi, le mal le plus partagé au monde loin devant les soucis de dos et de côtes mal taillées. Ses paroles deviennent vite musiques, berçant une fois de plus mes espoirs de cocooning. Insensé, qui d'elle ou de moi l'est-il le plus ? Elle a conçu une nouvelle liste d'exercices, tome deux de sa saga, des exercices plus audacieux encore, décoller la rétine du monde est son objectif, je la cuisine un peu, serai-je sollicité dans un des exercices ? Elle ne peut encore rien me dire, mais elle me réserve quelques belles surprises.

Juliette est retenue pour les demi-finales. On attend son tour en buvant des jus de fruits offerts par la Fédération française de tir à l'arc. Il y a des figues aussi, et des dattes. Très bon pour le relâchement, et surtout pour « aller » disait ma mère. Les parents chuchotent aux oreilles de leurs enfants des consignes de dernières minutes, confidentielles. Juliette, elle, a juste besoin d'amour, et qu'on laisse son jumeau tranquille. Roméo n'est pas né, un point c'est tout, c'est pourtant simple à comprendre. Renée et moi nous comprenons tout à fait. Le tirage au sort commence, Juliette tirera ses flèches en dernier.

Tous les événements de ces derniers jours mériteraient d'être mis au shaker de Scheitzer. Disparité, anachronisme, déséquilibre, asymétrie, seul un solide alambic pourrait tirer de ce magma une liqueur bien claire, bien lisse. Découvrir le sens caché de ce qui m'arrive et reprendre les brides de ma vie, comme c'est écrit au dos des guides de développement personnel. Relier tous les signes, hiéroglyphes à pattes de mouches, faire son Champollion une fois pour toutes, et le faire bien. Je convaincs Renée de m'accompagner aux obsèques de Nitch, le b.a.-ba dirait Pat, quelque chose là-bas nous mettra peut-être sur la piste d'une résolution, je suis persuadé que l'assassinat de Nitch a aussi à voir avec ces histoires de gifles. Forcément.

— Ce n'est pas toi qui l'aurais dézingué par hasard ?

— Qui ?

— Qui, qui ? Fais l'idiot. Nitch, bien sûr.

— Tu me vois faire un truc pareil ? Sérieux ? La radio m'a viré, eux aussi doivent le croire.

— Ils ne te méritent pas. Tu devrais passer le pas.

— C'est-à-dire ?

— Te lancer en politique.

— Oui, mais avec quel programme ?

— Lis Hermann Bloch et on en reparle.

Juliette est en finale. Sa concentration impressionne ses adversaires, c'est sa botte secrète. Une dernière flèche… Renée retient son souffle, je fais de même, la flèche de Juliette fuse, siffle, s'envole, semble fendre l'air, fend l'air et va se planter en plein centre de la cible, là où il n'y a jamais de place pour deux. Une clameur admirative accueille cette performance, ç'en est une, me dit Renée. Juliette a fait mieux que Cupidon, mais ici personne ne connaît de Cupidon, sans doute n'a-t-il pas renouvelé sa cotisation.

Juliette est désignée comme vainqueur du tournoi, elle devance les autres de dix points. Elle dédie sa victoire à Renée, quelques mots bien sentis et prononcés avec une sincérité qui fait rougir ma Renée. Cette petite fille a du génie à revendre, elle lit son petit papier :

— Renée est un pays immense. C'est une femme qui est toutes les femmes, et ma soif d'aventure si grande soit-elle n'en fera jamais le tour.

Je verse cette formule dans le shaker, c'est un sirop acidulé, sa teneur en sucre est idéale, juste qu'il faut d'innocence, cet aromate si rare qui rend n'importe quel plat mangeable. Mon téléphone vibre. Cette voix, féminine et rauque, me dit quelque chose, et me renvoie des années en arrière :

— J'appelle pour l'annonce, moi aussi j'ai été giflée par le susnommé Nitch. J'ai besoin d'en parler. À qui en parler à part vous ? Ça fait si longtemps, il est temps de réagir. J'ai quelque chose à vous montrer aussi. Quelque chose d'assez effrayant, je préfère vous le montrer que de me confier à votre boîte vocale, et puis comme ça j'ai plus de chance que vous me rappeliez.

Je décide de zapper l'enterrement de Nitch.

19

Quand j'arrive à *L'Églantier rieur*, je ne vois d'elle que sa robe verte. Et j'aperçois enfin son visage. La coïncidence est massive : la femme en robe verte, c'est Roberte, mon ancienne monitrice de colonie de vacances, celle qui m'avait giflé pour me punir d'avoir été son « messager ». Elle ne sait pas encore qui je suis, je profite de ces quelques secondes pour l'observer et détailler ce que ces vingt dernières années ont fait d'elle. Elle n'a pas changé, mêmes cheveux noirs, même ossature solide, même profil entêté, aucune lourdeur en vue, la taille peut-être, et toujours cette autorité tétanisante, le petit garçon que j'étais pourrait en parler des heures, vingt ans ont passé depuis la gifle qu'elle m'a donnée et ma frayeur est intacte. Ce soir de colo est resté gravé dans ma mémoire et j'ai encore du mal à en dénombrer les séquelles, mon psychanalyste s'en est fait le comptable, je le paye pour ça.

— On s'est parlé au téléphone. À propos de mon annonce. Nitch, tout ça…

— Nickel ! Bien sûr, Nitch. Je vous attendais. Bonjour, je m'appelle Roberte.

— Jérémie Soldatini.

Mon nom ne lui dit rien visiblement. Elle me raconte sa mésaventure, à peu de chose près la même que la mienne.

— J'étais dans la file d'attente d'un cinéma, un film avec un acteur… vous savez, avec un grand nez qui… un prénom qui commence par Ben… Bref… Et puis, ce type, il se pointe, il me balance une gifle… Pourquoi je sais qu'il s'appelle Nitch ? Ah oui, quand il repart, c'est quelqu'un, une voix de femme qui dit : « C'est Nitch, on dirait. » J'ai retenu le nom, parce que je suis tombée sur Nietzsche au bac Philo. J'avais eu douze. Nickel. Trois questions sur le *Zarathoustra*, facile. Je me souviens du commentaire de la prof, une sorte de Marlène Jobert, sans taches de rousseur : « Un point de vue personnel erroné mais rudement bien charpenté. » Un peu comme moi, quoi ! Et puis là, je quitte la file, je m'en vais, je suis sonnée, une gifle est une gifle, et là, quelqu'un dit cette phrase, qui l'a dite, je ne sais pas qui : « Elle s'en va la conne ? »

— Elle s'en va la conne ?

— Oui dans cet ordre-là. Nickel.

— C'est une conjuration.

Je ne crois pas si bien penser. C'est exactement ce que je suis en train de vivre, une conjuration orchestrée par je ne sais qui pour je ne sais quelles raisons, une conjuration destinée à foutre ma vie en l'air, minimum, une conjuration qui prend l'aspect inoffensif d'une mauvaise blague mais qui est bien plus que cela, c'est-à-dire une conjuration pure et dure, mastoc en diable.

— J'ai quelque chose à vous montrer. C'est un collègue qui est tombé sur ce compte Instagram. C'est assez effrayant.

Je m'attends à quelque chose de gore : têtes tranchées, membres en compote, viscères en capilotade. Elle sort son téléphone, une copie d'iPhone, grossière mais crédible, avec une housse en fourrure couleur panthère.

— Vous êtes sur Insta ?

— Non, j'ai arrêté, j'avais l'impression d'être invité à une soirée diapos géante, et les soirées diapos, ça m'a toujours déprimé. Plus généralement, le bonheur des autres, c'est déprimant, non ?

Elle n'est pas d'accord.

— Le bonheur des autres me rassure, moi. Mon mari n'est pas loin de penser la même chose.

Elle fait défiler les photos devant mes yeux. C'est la même photo, presque : Nitch file une baffe, profil gauche, seul le receveur change, profil droit. Exactement le même cadrage.

— Il y en a eu combien comme ça ?

— Cent... Quatre-vingt-dix-neuf, exactement. Le compte Instagram est au nom de Victor Tage. Un pseudo j'imagine.

— Le nom d'un fleuve aussi.

— Si vous le dites.

C'est vertigineux. Les gifles défilent comme dans un film muet. Elle me montre sa gifle, la 87e. Nitch et son impériale, Nitch impérial. Je cherche la mienne, et je finis par la trouver entre la 67e et la 69e gifle. Elle agrandit ma photo.

— Et vous voyez ce qu'il y a écrit en dessous de chaque photo de gifle, la vôtre, comme toutes les autres ?

Je m'approche et découvre l'inscription :

Ceci n'est pas une gifle.

La photo est exactement comme dans mon souvenir, il me semble réentendre la phrase dite dans mon dos : « Il s'en va le con. »

— Quatre-vingt-dix-neuf cons qui s'en vont, donc.

— Ou connes ?

Oui. Quelle en est la proportion ? Est-ce révélateur de quoi que ce soit ? Symptomatique d'un dérèglement à venir ?

— J'ai compté, il y a deux fois plus de cons que de connes.

— C'est raccord avec la population mondiale, vous pensez ?

— Nickel.

Personne n'est en possession de ce type de données. Pat qui travaille au CNRS, département sociologie, planche là-dessus depuis dix ans, et son verdict tarde encore à venir.

— Tant que les chercheurs du monde entier ne se mettront pas d'accord sur la définition de « con » ou « conne », nous serons toujours orphelins d'une réponse valable.

L'inverse est vrai si on y réfléchit bien. J'hésite alors à révéler à Roberte qui je suis, ce petit garçon qui pour la première fois de sa vie a goûté à la trahison. Je renonce. Le souvenir de cette autre gifle pourrait perturber notre collaboration.

— Il faut retrouver ce Victor Tage.

— Je ne vois pas d'autres solutions.

— Il faut que je vous dise quelque chose encore.

— Quoi ?

— Nitch n'est plus.

— Mort ?

Sa réaction à l'annonce de l'assassinat de Nitch est inattendue : elle pleure, et son visage vire carmin.

— Nitch est mort, donc ? Il est mort. Mort comme…

Mort, oui, comme Jésus-Christ, plus de Nitch, plus de procès, plus de procès, plus de deuil, que du désespoir sans l'ombre d'une rémission. L'homme est inconstant, c'est même à cela qu'on le reconnaît, la femme pareil, l'enfant attend sans le savoir le moment de le devenir.

— Vous portez l'impériale aussi, comme Nitch ?

— Oui, c'est pour ne pas oublier.

— Nickel.

Le baron n'est pas là, lui seul aurait pu démasquer Victor Tage sans le faire sortir du bois. Qui est ce Victor Tage ? Un complice de Nitch, son exégète ? Chargé par lui de compiler les gifles, de les étiqueter et d'en faire une guirlande. Cent ? Pourquoi pas cent ? Il en manque une pour faire cent ? Celles-ci ne sont pas des gifles. Quelqu'un l'a peut-être tué pour l'empêcher d'atteindre ce chiffre fatidique ? Il faudrait retrouver les identités des quatre-vingt-dix-neuf autres, et croiser leurs parcours, minute par minute, immense toile d'araignée qui forcément devrait révéler la place de la bête immonde, évidemment en son centre. Et puis le mari de Roberte nous rejoint, c'est une surprise, pour moi en tout cas.

— Il n'est jamais loin, me confie Roberte, nous sommes un couple fusionnel. Au début de notre relation, impossible de mettre une feuille de papier à cigarette entre nous, une demi-heure l'un sans l'autre, même un quart d'heure séparés nous mettait dans des états pas possibles, avec des retrouvailles pleines de larmes, de sexe et de remords. Mon mari est un grand émotif. On a même pensé à devenir siamois, sans blague, c'est faisable, on a vu une annonce sur Internet : « Restez collés pour vingt mille dollars », on avait choisi l'option « par la hanche », moi à droite, lui à gauche. Une thérapie de couple EMDR, ça ne marche pas sur tout le monde, mais sur nous, ce fut miraculeux, non seulement, ça a sauvé notre couple, mais grâce à ça, j'ai retrouvé une fécondité tout à fait convenable. Nickel, non ? Nos enfants craignaient juste de naître, faute de place. Nous en avons cinq dorénavant : des triplés et des jumeaux, filles, garçons… Majorité de connes, donc. C'est ma belle-mère qui les garde aujourd'hui, une conne aussi.

Elle en rit. Son mari aussi.

— Nickel quoi !

L'humour est le fondement du couple moderne, le thérapeute EMDR les en a convaincus. Le mari s'appelle Joël, et tout de suite je le reconnais, et tout de suite, il me reconnaît.

— Soldatini ? Colo de la mairie du 9e ? Été 91. Gannat, Puy de Dôme. C'est là qu'on s'est rencontrés avec Roberte. Tu te souviens, chou ?

« Chou » me remet à son tour, le voile se déchire.

— Mais oui, Jérémie, le petit Jérémie, ça me revient. Que vous étiez mignon à l'époque ! Culottes courtes à franges. Quelle belle colo ! Rando à vélo, accrobranche à gogo, et puis visite d'une usine à fromages, oui, la Fourme des eaux bleues : fromages à pâte pressée non cuite…

Je m'en souviens. Joël aussi bien sûr.

— C'est ce jour-là qu'on s'est embrassés pour la première fois avec Roberte. Fourme au lait cru. Matière grasse affinée à 27 %

— Vraiment embrassés, tu veux dire ?

— Oui. Du coup, l'odeur de fromage nous fait toujours un effet bœuf, sexuellement parlant je veux dire.

— Effet meuf, tu veux dire, chérie.

Roberte et Joël éclatent de rire, le même rire onctueux : yaourt complice avec de gros morceaux de fausse naïveté à l'intérieur. La gifle qui a tant gâché mon enfance, tant troublé ma conscience naissante, ils l'ont donc oubliée, l'odeur de la Fourme des eaux bleues, elle, leur est restée. Impossible. C'en est trop, je me lance, le souvenir de Don Quichotte me porte, mes moulins à moi sont les bribes de mon enfance :

— Vous ne vous souvenez pas de m'avoir donné une gifle pendant cette colo ? J'étais votre messager, le premier trait d'union de votre histoire d'amour.

Je raconte l'histoire dans les détails, tout me revient avec précision, « Comme si c'était hier », dirait mon père.

— Il y avait un film à l'époque, qui s'appelait *Le Messager* et qui racontait à peu près la même histoire, la musique m'est restée, ils l'ont utilisée pour le générique de l'émission politique *Cartes sur table*… J'adorais cette émission.

Je fredonne l'air en question. Elle me contredit :

— Vous vous trompez, ça c'est le générique de *Faites entrer l'accusé.*

Quelque chose se fissure, le mur est porteur : qui est donc cet accusé ? Je replonge dans notre passé commun, l'eau s'est refroidie. Joël m'écoute avec un scepticisme grandissant. Je brave avec courage l'œil sévère de Roberte. Son mari a posé la main sur l'épaule de sa femme, il veut, c'est certain, la protéger d'un éventuel dérapage de ma part. Je termine ma confession par la fameuse gifle, soulagé, et convaincu qu'une ère nouvelle s'ouvre à moi, qu'enfin débarrassé de ce traumatisme, je vais pouvoir – c'est un des objectifs fixés avec mon analyste – prendre quelques centimètres de dignité et d'affirmation de soi. Rien de tout ça ne se passe. Roberte me balance une nouvelle gifle, sensiblement aussi forte que la première, je décide de ne pas l'éviter.

— Je n'ai jamais frappé un enfant, moi, monsieur. Jamais.

Je repars d'où je viens : la colo de Gannat. Joël ne peut que s'associer à l'indignation de sa femme.

Il la prend par le bras, tout en douceur, puis ils tournent les talons, une dernière menace vient le défigurer au niveau du menton :

— Vous avez de la chance que notre thérapie EMDR ait réussi.

Mon analyste devra faire preuve de beaucoup d'imagination ou de conviction pour continuer à me faire croire que les associations d'idées sont moins meurtrières que les associations de malfaiteurs. Je sens monter en moi une rage, de celles qu'on rencontre habituellement dans les bacs à sable, surtout en maternelle, une rage archaïque et rebelle, qu'on ne peut raisonner, et qu'on jugule généralement à coups de taloches.

20

Fabrizzi regarde par-dessus l'épaule du capitaine Scheitzer qui est sur Instagram. Ils me font penser à un couple de touristes japonais penchés sur un plan de Paris tenu à l'envers, et hésitant sur le chemin à prendre. Scheitzer fait défiler les photos des quatre-vingt-dix-neuf gifles avec régularité, chacune d'entre elles déclenche chez lui un petit « hum, hum » que Fabrizzi ponctue d'un « eh bé ! ». Quatre-vingt-dix-neuf « hum, hum », et autant de « eh bé ! », dans d'autres circonstances, ce serait lassant, mais là, le tempo en devient presque hypnotique. Que ça ne finisse jamais ! C'est Fabrizzi qui relève les yeux en premier :

— « Ceci n'est pas une gifle », ça, c'est intéressant.

Scheitzer est plus lent, la torpeur est sa drogue favorite.

— Il faut montrer ça à Annette, c'est une pro d'Instagram. Quand elle était plus jeune, elle postait une photo par jour, des gros plans abstraits qu'on pouvait essayer de décrypter : coin du nez, détail de fourchette, ombre de pince à linge… ou laisser sans signification précise, comme des purs morceaux de poésie, chorégraphie d'un réel épinglé par la loupe de sa subjectivité.

— Votre belle-sœur va bien ?

— Pleine forme.

— Toujours en noir ?

— Toujours, toujours. On espère passer bientôt à la couleur.

— Ça lui va bien le noir ! Ça fait ressortir ses yeux bleus.

— Je n'avais jamais pensé à ça mais c'est vrai. Regarder les femmes n'a jamais été mon fort. Mais ça… ça ne s'apprend pas.

Le poids du désir, me dira plus tard Pat, qui s'est penchée sur la question, à la fois comme sujet et comme professionnelle de ces questions sensibles.

— Le désir est un train qui part, vous êtes à la fois dans le train, et sur le quai, c'est une sensation étrange. Une étrange sensation d'ubiquité.

Fabrizzi laisse son chef à ses nostalgies imprudentes, il commence à classer les photos, et les regroupe par thèmes : lieu public/lieu privé, extérieur/intérieur, homme/femme, tenue sportwear/tenue classique, avec couvre-chef/sans, avec lunettes/sans… Je l'observe, sa rigueur est à l'œuvre, la méthode semble efficace, mais au bout du compte, il n'y a que statistiques, pourcentages, ébauches de camembert, qui sans doute feront bien dans son rapport circonstancié, mais qui pour l'heure ne donnent pas l'ombre d'une piste. Scheitzer est d'accord avec moi, même si son empathie naturelle semble exprimer le contraire. Quant à moi, je reste persuadé que l'entreprise visait à atteindre le chiffre cent, et que Nitch a été tué pour empêcher d'atteindre ce chiffre fatal. La potentielle centième victime est la solution à l'énigme, et la retrouver est urgentissime.

— Urgentissime ne fait pas partie du vocabulaire policier.

— J'avais ouï dire.

— Un décret l'a confirmé récemment. On peut néanmoins se rabattre sur ses synonymes.

Scheitzer allume son ordinateur, tape son nom de code : « A.N.N.E.T.T.E », tiens donc ! puis entre le nom de « Victor Tage » dans le fichier Taj, Traitement d'Antécédents Judiciaires. Rien, rien, rien. Puis, même chose dans le fichier Fnaeg, rien non plus. Victor Tage n'est nulle part sur ces deux planètes-là. Trois heures ont passé, il n'a d'autres choix que de mettre le procureur Raymondu dans la boucle. Il l'appelle devant moi, met le haut-parleur comme pour partager sa condition de vassal consentant. Le procureur prend un ton goguenard, celui qu'il affectionne le plus, celui qui dissimule son mépris sous une bonne couche de bonhomie.

— Vous m'intéressez de plus en plus, mon cher Scheitzer, vos enquêtes sont des bijoux de non-sens, broderies, comment dire, broderies sans queue ni tête, une araignée me serait plus utile. Je vais vous le dire : vous êtes à côté de vos pompes, Scheitzer, ces histoires de gifles, je ne veux plus en entendre parler, et puis j'en ai ma claque de vos dysfonctionnements neuronaux, je vous donne vingt-quatre heures pour trouver des indices dignes de ce nom ou je vous retire l'enquête !

— Nous pensons que la victime voulait en gifler cent, sa centième victime est potentiellement suspecte de s'être défendue. Ça reste la seule piste sérieuse.

— Ce qui serait sérieux, ce serait de retourner à l'école de police, celle d'Angoulême par exemple, et de revoir vos bases. Il y a quelques cours de première année que vous avez séchés ou quoi ?

Là : j'aurais pu lui casser la gueule à l'infirme, me dira plus tard Scheitzer, et l'achever à coups de béquilles dans un concert de cris de joie. Et boire à cette victoire sur l'arbitraire. Et chanter à tue-tête l'Internationale !

— Le côté analyse rationnelle des faits et indices, vous y avez réfléchi ? Ou il faut qu'on vous rafraîchisse la mémoire ?

— On s'y penche, on s'y penche, monsieur le procureur.

— C'est par là qu'il faut creuser, capitaine.

— On va creuser, monsieur le procureur, promis. Mais, on sait ce qui se passe quand on creuse.

— On trouve des cadavres, en général, au sens propre comme au sens figuré.

— Et parfois, des galeries souterraines qui mènent dans des grottes, comme celle d'Ali Baba. Oui, Ali Baba est un bon exemple.

K.O. technique, j'avoue. Raymondu retourne dans son coin de ring et raccroche, Scheitzer me gratifie d'un sourire triste. Je m'en mêle.

— J'ai peut-être un joker à vous soumettre ? Un joker qui pourrait mettre Raymondu sur la touche.

— Raymondu sur la touche ? J'aime bien cette association d'idées. Je vous écoute.

Je repasse en revue les gifles de Nitch, et m'arrête sur la 22e, celle de mon ministre : Balthazar, lui aussi giflé par Nitch.

— Vous le connaissez ? Pourquoi ne m'avez-vous pas dit qu'il avait été lui aussi giflé ?

— Ça vient juste de me revenir.

— Vous avez un moyen de le joindre directement ?

— J'ai son 06. Relation professionnelle. Journaliste vs politique, une vieille tradition française, rance mais tenace.

Fabrizzi relève la tête, léger froncement de sourcils qui en dit long sur son sérieux.

— Vous avez le 06 d'un ministre ?

Je remonte dans son estime, j'avance de deux cases.

— En même temps, ce n'est pas le plus mauvais des ministres.

— Il passe entre les gouttes, en tout cas.

— C'est une grande qualité pour un ministre.

— La principale. Il fait ses courses tout seul chez Darty en plus.

— C'est un critère d'intégrité ?

— Plutôt, oui.

— On vous garde avec nous alors.

Scheitzer aime ces petits moments de consensualité.

— Et vous, Fabrizzi, ça donne quoi du côté de Charlie, votre joggeuse ?

— On court côte à côte, maintenant, j'ai bon espoir. Nos foulées se calent à peu près, je ralentis, j'accélère, afin de rester à sa hauteur.

La définition du bonheur conjugal, non ?

— Un jour, nous échangerons nos temps de passage au kilomètre. Et puis, qui sait, elle me prêtera peut-être son baume anti-gerçure. Comme ça, je saurai si nos lèvres sont compatibles !

— Attention que ça ne tourne pas au harcèlement, Fabrizzi.

Fabrizzi se renfrogne, crispation au niveau des épaules, la remarque du capitaine ne passe pas, on dirait.

— Dites-moi, Fabrizzi, votre moyenne au kilomètre, vous l'avez améliorée ?

— Oui, mon capitaine ! Je descends sous les quatre minutes.

— Vous êtes compétitif, donc.

— Ce n'est pas mon but. C'est juste une question d'hygiène mentale. Courir n'est pas un but en soi, c'est une philosophie.

— Nous savons. Représenter le commissariat au cross du printemps de la PJ, ça vous tente ? Le major Jougne s'est flingué le ménisque droit à l'entraînement. Le commandant Ho-Hinja a pensé à vous pour nous représenter. J'ai validé des deux mains.

— Si l'État français me finance ma nouvelle paire de baskets, pourquoi pas.

— Ça marche, Fabrizzi, aujourd'hui, l'État c'est moi. Rendez-vous le 20 sur la ligne de départ. Nous serons là pour vous encourager. N'est-ce pas monsieur Soldatini ?

Après le tir à l'arc, le jogging je ne dis pas non. Le sport est le ciment de l'amitié. Fabrizzi, Scheitzer et moi formons un drôle de trio. Une comptine qu'on chantait en chœur en CM2 pour mémoriser les différents types de triangle me revient en tête : « Triangle isocèle ensorcelle, triangle rectangle étrangle, triangle équilatéral cavale. » Ceci n'est pas un triangle.

21

Je téléphone au baron pour la centième fois en deux jours : plus de boîte vocale, son numéro n'est plus attribué. Fabrizzi et Scheitzer ne m'ont pas menti. J'ai douté d'eux et je m'en veux. Le site Internet d'Hervé Dejaembe n'existe plus, même dans les tréfonds du dark web où j'ai plongé, le baron a donc balancé ses deux casquettes aux oubliettes. Le poisson rouge a coulé pour de bon et les mauvaises pensées roucoulent à la surface du bain. Plus de mousse depuis bien longtemps. Quelle déflagration intime a pu causer chez le baron mon innocente coucherie avec Myrtille Poisson ? La jalousie, je ne vois qu'elle, une jalousie carabinée, d'une acidité sanguine sans doute jamais atteinte. Je me demande quelle peut être la nouvelle casquette du baron : cadavre ou fantôme ? Monte-Cristo ? Qui un jour ou l'autre s'échappera du château d'If. Je n'ai plus de partenaire de jeu. Je me rabats sur Pat, mais elle n'a pas une minute à elle, elle est en immersion dans un centre commercial du Vexin pour une enquête sur les habitudes alimentaires des moins de vingt ans, elle connaît déjà sa conclusion : rien à faire, le véganisme monte en puissance. Elle part toujours des conclusions, ce n'est pas très déontologie mais c'est assez économique.

Les parents de la petite Juliette ont repris contact avec moi. Ils m'annoncent que Renée leur a donné signe de vie, leur fille est bien, comme ils le pensaient, réfugiée chez elle. Le reste était mensonge. Rien que le mot « réfugié » leur fait un mal de chien. Renée veut les rencontrer pour trouver un « accord » pour la garde de Juliette. Ils ne comprennent pas trop ce que ça veut dire, ni à quelle sauce ils risquent d'être mangés ; ils sont les parents, et à ce titre, ils ont la garde de leur enfant. Ils se méfient de Renée, cette jeune femme n'est pas de cette planète, ils en sont persuadés. Ils me demandent d'être présent lors de cette rencontre, d'être leur Juge de paix. En attendant, ils ont promis à Renée de laisser la police en dehors de ça. Dix minutes après ce coup de fil, Juliette leur a envoyé un sms très joyeux, un sms qui se terminait par une ribambelle de cœurs de toutes les couleurs. Tout englués qu'ils sont dans leur naïveté, ils ont trouvé ça rassurant. Le cœur émoticône est devenu le plus résistant des anesthésiants, notre signe de ponctuation préféré. Renée leur propose un rendez-vous en terrain neutre, elle suggère de faire ça le lendemain à *L'Églantier rieur.*

— Vous pourrez venir, j'espère ?

Je promets d'être là. En attendant : dormir un peu.

Le sommeil ne vient pas. Seul remède : Internet, je me laisse porter par le flot, un clic en entraînant un autre, je succombe, et tombe sur un article qui attire plus spécialement mon attention, un article écrit en allemand que je passe à la moulinette approximative d'un traducteur automatique. Voici l'histoire, telle que je la raconterai bien plus tard à Pat.

Un aumônier de prison tout juste nommé à Fleury-Mérogis fut amené à prendre en charge une détenue coupable d'avoir tué pour se venger l'enfant que son ex-mari avait eu avec sa nouvelle compagne. Fait divers horrible qui défraya la chronique quelques semaines. L'aumônier put, petit à petit, grâce à la lecture de textes sacrés, l'Évangile de saint Matthieu était cité en premier, ramener l'infanticide sur des rives plus clémentes, non celle d'une demande de pardon, mais celle d'un début de rédemption. Chemin faisant, les deux âmes se rapprochèrent. Un jour, la femme est sortie de prison pour bonne conduite. L'aumônier a alors prévenu sa hiérarchie, sentant le tsunami, il ferait tout pour ne plus croiser la route de cette femme. Son évêque le nomma donc à l'autre bout de la France, dans un centre pour handicapés. Mais un jour, ils se croisèrent par un pur hasard qui serait trop long à relater ici, de ces hasards qui font croire au destin, et leur passion secrètement platonique devint charnelle, charnelle et hautement coupable. De celles dont on écrit des romans de mille pages. L'aumônier tiraillé entre la morale et la passion décida finalement de mettre fin à cette relation. Un mois plus tard, la femme fut retrouvée morte dans le petit hôtel où elle logeait. Aucun indice ne menait bien sûr à l'aumônier, le meurtrier était introuvable, on soupçonna un temps l'ex-mari et sa nouvelle femme, coupables rêvés, mais ils furent innocentés très vite. L'aumônier rompit ses vœux suite à ce drame. Il revint à la vie civile, brisé comme le Petit Lu du conte de Brun. Dix ans plus tard, l'aumônier s'était recyclé en policier. Après avoir suscité la confession de ses semblables, il leur soutirait maintenant des aveux. Amené à enquêter sur une nouvelle affaire, il fut mis en présence de nouveaux indices concernant le meurtre de son amie décédée. Puissamment inspiré par son désir de justice, et une volonté de trouver l'assassin de celle qu'il finissait par nommer en confession « femme de ma vie », il découvrit l'incroyable vérité : il avait tué lui-même cette femme, et effacé toutes les traces derrière lui, comme jamais aucun meurtrier ne l'avait fait. Et surtout, il n'avait aucun souvenir de l'avoir fait : black-out total. Un meurtre parfait que lui seul pouvait élucider. Il fit ses aveux, puis se confessa. On le condamna à vingt ans de prison, celle-là même où il débuta sa carrière d'aumônier.

« Interner konflikt vs. blackout », « Conflit intérieur vs black-out » est le titre de l'article. L'auteur n'est pas cité, le nom de l'aumônier non plus, aucune date. En cherchant plus avant sur le Net, je découvre d'autres articles sur cette affaire, et finalement le nom du protagoniste de ce récit incroyable émerge : Père Philippe Scheitzer. Est-il de la famille du capitaine Scheitzer ? Ce serait ahurissant. Interroger le capitaine à son sujet ? Impossible, la piste de ma culpabilité serait aussitôt ranimée, par immédiate capillarité, le black-out du Père Scheitzer révélant comme une évidence la possibilité de mon propre black-out : « Ai-je tué Nitch sans le savoir ? » C'est une piste qui a été, j'imagine, mise de côté par le capitaine Scheitzer, et je ne devrais pas être celui qui tente de la raviver. Ce n'est pas mon rôle, mon rôle est de rester tranquille dans mon coin et d'attendre la fin de l'histoire. Et pourtant, cette question me taraude : « Ai-je tué Nitch ? Suis-je moi aussi un meurtrier sans aucun souvenir de son meurtre ? »

Je trouve alors mentionné dans un autre article que le Père Philippe Scheitzer purge toujours sa peine dans une prison près de Provins. Deux demandes de libération conditionnelle lui ont été refusées durant ces cinq dernières années. Une prochaine demande est légalement possible avant la fin du mois et, si elle est effective, il risque de sortir de prison très bientôt. Je cherche sur Internet d'autres cas de black-out pendant lesquels un sujet aurait commis un crime sans le savoir, et sans même s'en souvenir. Le baron me manque. Renée me manque. Les philosophes avaient raison, les manques vont toujours par deux.

Il est deux heures du matin quand Balthazar me rappelle. Il a été mis au courant de l'assassinat de Nitch, a eu vent de ma garde à vue, et même si je reste suspect à cause de ce foutu Dai Lung trouvé sur moi, il me croit innocent. Le ministre pèse ses mots, sa balance est réglée au poil près chaque matin par un fonctionnaire habilité à le faire. Il a eu accès aux photos sur Instagram, les quatre-vingt-dix-neuf gifles, les a longuement étudiées, et pense contrairement au procureur Raymondu qu'il prend pour ce qu'il est, il ne dira pas le mot, que le meurtre de Nitch a sans doute un rapport avec ces gifles.

— Ceci n'est pas une gifle, le clin d'œil à Magritte est amusant.

Les giflés sont donc tous pour lui des suspects en puissance. Lui-même se met dans le lot, et répondra à toutes les questions que les enquêteurs voudront bien lui poser. Balthazar est comme ça : intègre et ponctuel, le contraire de l'image qu'on donne habituellement des politiciens professionnels. Mais la presse, c'est sûr, ne manquera pas d'insister lourdement sur sa présence dans ce dossier douteux. Pat pense que le lynchage sera de courte durée, depuis que les journaux sont passés au numérique, l'amnésie joue les nénuphars et un jour chasse l'autre sans jamais se retourner. Vivre au jour le jour, enfin ! En revanche, la théorie de Scheitzer, celle des « personnages » biffés par un auteur mystérieux, ne passe pas la rampe. Ses conseillers juniors ont débriefé pendant tout un week-end, et rien n'en est sorti. Rien non plus dans les archives n'a été trouvé qui pourrait corroborer cette hypothèse pourtant séduisante. Scheitzer se rapproche de l'échafaud. Balthazar m'a pris sous son aile, nous faisons partie d'une sorte de communauté, maintenant, la confrérie des giflés, et nous nous devons protection mutuelle. Il a du nouveau. Je sens que de toutes les tâches qu'il doit accomplir dans son ministère, celle qu'il préfère est d'annoncer aux simples citoyens que nous sommes qu'il a « du nouveau » car lui seul a accès aux hautes sphères où l'information, la véritable, circule librement.

Il a donc du nouveau, et ses yeux brillent : plaisir d'offrir sans aucun doute. Mais avant ça, on bavarde, on musarde. Il évoque le dernier conseil des ministres. Je tends une oreille professionnelle.

— On passe à la réforme des institutions, et la volonté de rétablir l'autorité de l'État, mais vous connaissez tout ça par cœur, c'est votre domaine, et c'est là que le Président tend un petit papier au Premier ministre qui le lit, puis le passe au ministre de l'Intérieur qui le lit, sourit, et le passe au ministre des Relations avec le Parlement qui me le passe, et sur lequel je peux lire cette phrase…

Il m'envoie un sms avec la photo du petit papier sur lequel est écrit :

« Sauf preuve du contraire, une flèche n'atteint jamais sa cible. »

L'effet que me fait cette phrase est difficile à définir. Après la surprise, évidemment, il y a de l'émotion, un peu de colère, il y en a toujours dans l'émotion, mais c'est le dernier mouvement qui me paraît intéressant : une impression d'embellie, comme quand après une longue marche en montagne, sous un ciel nuageux, orageux, une éclaircie imprévue fait son apparition.

— Le Président, malgré son âge, aime bien bousculer nos façons de penser. Le fameux décadrage dialectique, sujet de deux de vos récents éditoriaux. Régulièrement, il nous propose un alexandrin, un haïku au débotté, une devise apparemment hors sujet, mais qui bien souvent nous ouvre des perspectives nouvelles. Il affirme parler à notre inconscient, puisque c'est de là que viendront nos futures inspirations, donc décisions. On le laisse y croire, bien sûr, et certains d'entre nous s'y appliquent plus que d'autres jusqu'à y croire vraiment. Le dominant domine, le dominé prétend ne l'être pas, c'est la cause de tous les désordres.

Il dit : « Ah oui, au fait… » Le « fait nouveau » arrive enfin.

— Mes services m'ont fait passer un signalement, très récent. On a borné Victor Tage.

— Victor Tage ?

— Le détenteur du compte Instagram qui a publié les photos des quatre-vingt-dix-neuf gifles. Vous vous souvenez quand vous avez été giflé si quelqu'un vous a pris en photo ?

— Je ne me souviens pas, il y avait une vingtaine de personnes dans le café. Quelqu'un a très bien pu… – j'utilise très peu ce verbe – m'immortaliser en douce.

— Moi, j'étais seul au rayon « plaques chauffantes » quand il m'a giflé, la photo a l'air d'avoir été prise dans le reflet d'une casserole en cuivre. On l'a borné en Italie, ce Victor Tage. Au sud de Bari. Un petit village charmant, il paraît. Vous connaissez cette région ?

— La sœur de mon ex-femme y a passé des vacances en 2013. C'est là qu'elle s'est séparée de son mari.

Il soupire, de ce genre de soupir qui sous-entend qu'on en pense plus que ce qu'on en dit, mais moins que ce qu'on pourrait en dire.

— Mais que voulez-vous, nos vies sont surtout faites de nos choix.

— Vous savez qui est l'auteur de cette phrase ?

— Laquelle ? Nos vies sont faites de… ?

— Non, celle du Président, sur la cible et la flèche ?

— Mon cabinet a fait la recherche : elle est de Hermann Bloch. C'est un auteur argentin de la fin du XIXe, il a écrit des essais philosophiques essentiellement, tournant autour du même sujet : l'identité personnelle. Sommes-nous vraiment ce que nous sommes ? Où se trouve l'endroit incompressible du moi ? Est-ce l'âme, cette illustre inconnue ? Hermann Bloch a aussi écrit un roman baroque, justement intitulé : *Sauf preuve du contraire, une flèche n'atteint jamais sa cible.* Je ne connais pas le titre en espagnol. Si ça vous intéresse, je peux demander…

— Vous êtes sûr qu'il est argentin ? Avec un nom pareil.

— Ça aussi, je peux demander. J'ai une équipe formidable.

— C'est amusant.

— Cette conversation ?

— Non, mais le manque de précision va toujours avec le manque d'imagination.

— Ce n'est pas faux, ça. Les manques vont toujours par deux, c'est bien connu. Et votre père, il faisait quoi ?

— Qu'est-ce qui vous fait penser à mon père ?

— L'idée du manque, sans doute.

— Mon père tenait une boutique de lingerie féminine.

— Votre mère n'était pas trop jalouse ?

— Elle en est morte.

— La jalousie, quel venin…

— Oui. Son cœur s'est arrêté, fatigué de charrier un sang devenu trop toxique.

Tu te rapproches de moi, Hermann Bloch ! Progression en escargot, certes, tango, mais je sens ta présence inquiétante, par petits pas discrets tu avances. Maître penseur ou maître chanteur, tu dévoiles enfin tes intentions : foutre le bordel dans ma vie, briser ce que je suis, et ce que je serai. Seul hic, mon cher père n'a jamais lu un livre de sa vie, et je ne vois pas dans quelle mer il a pu pêcher cette phrase.

22

Une sensation de déjà-vu me serre le ventre. Me voilà revenu trois semaines plus tôt quand le baron Dejaembe me vendait avec brio ses deux casquettes, et que je me croyais encore un être responsable, à défaut d'être lucide. Yves est derrière son bar, rictus vissé au coin de la bouche, comme toujours entre deux eaux troubles. Je lui mets la photo de Nitch sous le nez.

— Vous connaissez cet homme ?

Il la regarde longuement. La mauvaise volonté l'assaille de toutes parts, il voudrait dire n'importe quoi, faire de l'humour déplacé, mais il résiste à la tentation. Sur la photo, Nitch sourit, je me rends compte maintenant, ce sont les petites rides autour des yeux qui faisaient tout son charme, « il en abusera jusqu'à la fin », épitaphe qui ferait bien sur sa tombe.

— Vous êtes de la police, donc ?

— Pas exactement, je passais par là.

— Un boulot comme un autre.

— Ça vous va bien l'impériale en tout cas.

— Merci, tout le monde me le dit en ce moment.

— Ça vous donne de la profondeur. En général, les poils disséminés, ça fait resurgir un défaut. Dans votre cas, c'est différent, ils les aspirent.

Je reviens à la photo :

— À votre avis, c'est quel genre ce type ?

Yves n'a pas l'ombre d'une hésitation.

— Le genre « sûr de lui ».

— Précisez un peu !

— Je me souviens très bien de lui. Un jour, il a giflé un autre type qui portait une chemise orange.

— Giflé ? Et puis ?

— Il avait l'air… mon père dirait « contrarié ». Moi, j'ai vu de la tristesse dans ses yeux, un truc assez effrayant. Je me suis dit, ce gars est au bout du rouleau. Un manque affectif certain. J'attrape un raccourci, mais le manque affectif, il n'y a rien pour le soigner. Le vrai manque, je parle, celui qui se creuse sans cesse, comme un puits sans fond.

— L'autre type, il a dit quoi ?

— C'est de l'autre dont je vous parle, parce que le gars de la photo, on ne pouvait pas le soupçonner d'un quelconque manque, ce serait plutôt le contraire, un trop de plein.

— De quoi ?

— De suffisance, de trop plein… de soi.

— Il était « commissaire d'exposition ».

— Ça ne m'étonne pas.

— Il a été assassiné.

— Dingue. C'est la première fois qu'on m'annonce un truc pareil. Assassiner un commissaire, soit, mais un « commissaire d'exposition ».

Son rictus s'estompe un peu.

— Et l'autre, il est mort aussi ? Si on m'avait demandé, j'aurais plutôt parié sur cette mort-là.

— L'autre, on ne sait pas. C'est arrivé quand cette histoire de gifle ?

— Il y a deux mois.

— Vous êtes sûr ?

— Deux mois pile. J'ai un agenda coincé dans la tête. Un neurochirurgien, spécialiste du cerveau, pense que c'est possible. On n'a rien vu sur mon IRM mais bon…

— Et Instagram, vous pratiquez ?

— Je m'y suis mis il y a peu, ça n'a pas d'intérêt, à part que ça occupe. Un petit *like* de temps en temps, n'y a pas à dire, c'est bon pour l'ego. Personnellement, je pense que les gens n'ont plus de vie intérieure, c'est pour ça qu'ils ne supportent pas l'ennui. Un sociologue du nom de Gaston Gaston a fait une étude là-dessus. Très intéressante. Il dit que c'est le déficit de vie intérieure qui est la cause de tout.

— Gaston Gaston est son vrai nom ?

— Oui, j'ai vérifié. Il y a plus de mille personnes en France qui ont pour patronyme un double prénom : Pierre Pierre, Jean Jean, Paul Paul… Les parents sont incroyables, non ?

Je lui tends mon téléphone. Yves passe en revue les quatre-vingt-dix-neuf gifles, égrenant soixante-treize commentaires différents. L'homme est fin psychologue, il a le sens de la nuance, chaque commentaire apporte sa variation, son inflexion. La 74e gifle est la bonne.

— Tenez, la chemise orange, ça ne s'invente pas.

— J'ai exactement la même, je dis. On me l'a rapportée du Bénin.

Plus tard, Scheitzer dira, à juste titre :

— Du Bénin ? Ce n'est pas anodin. Vous ne m'avez jamais parlé de ça.

— Non, c'est vrai.

— Deux giflés qui possèdent la même chemise orange, ce n'est pas fréquent.

Il mettra ce nouvel ingrédient dans son shaker, et déclenchera la machine sans un bruit. Je me penche sur la 74e photo, le type en chemise orange se prend effectivement une sacrée gifle. Je me lance :

— Vous vous souvenez si quelqu'un a dit : « Il s'en va le con » ?

— Non, mais je me souviens qu'il s'en est allé, le con… J'ai lu dans un petit traité du XVIIe siècle sur la gifle que celle-ci pourrait avoir un lien avec une pratique franc-maçonne, une loge qui aurait perduré pendant deux décennies du côté d'Hambourg.

— Et alors ?

— Et alors, c'est tout. Il dit qu'il faut peut-être chercher de ce côté-là : la symbolique franc-maçonne est riche en enseignements.

Yves me raconte qu'il a toujours rêvé être garde du corps, mais que sa grand-mère lui avait mis dans la tête une bien méchante idée : « On ne fait ce qu'on veut dans la vie. » Briser par anticipation une vie avec une simple phrase, c'est possible. Le père de Pat lui disait : « Sociologue n'est pas un métier pour une femme. » Et Pat a travaillé comme une dingue pour lui prouver le contraire, elle a réussi, mais pour finir, elle a découvert que son père confondait sociologue avec proctologue, et qu'il voulait juste protéger sa fille d'une vie entière à fouiller des culs.

L'heure de mon rendez-vous a sonné. Les parents de Juliette arrivent enfin, ils me donnent l'étrange impression d'avoir rapetissé, leur désarroi semble grand même s'ils font tout pour le dissimuler sous une urbanité toute catholique. J'ai soudain la furieuse envie de les adopter. Renée adopte Juliette, et j'adopte ses parents, voilà un bon début d'accord, un donnant-donnant comme les aiment les pragmatiques convertis. En attendant Renée, ils me parlent de leurs deux garçons, Grégoire et

Mickaël, qui vivent très bien l'absence de leur sœur. Ils semblent enfin s'épanouir, leur sœur prenait beaucoup trop de place à leur goût, sa maturité, sa précocité étaient trop encombrantes pour eux. Ils ont fini par l'avouer à leur grand-mère qui a fait passer le message. Ils militent donc eux aussi pour trouver un accord, ils appellent ça, depuis qu'ils ont vu un documentaire sur un ancien président américain : un *deal*. Si leur sœur désire vivre chez Renée, il faut la laisser faire, vivre sa vie comme on l'entend est un objectif raisonnable finalement. Tout ceci est sûrement la cause du rapetissement des parents de Juliette. J'apprends que leur fille a fait une méningite à trois ans, et que les médecins l'ont cru condamnée, jusqu'à ce qu'une messe soit dite pour elle en l'église Saint-Sébastien. Juliette est donc une miraculée, ce qui explique, selon le curé de leur paroisse, certaines de ses aptitudes hors normes. Renée arrive à son tour. Elle me tend une feuille de papier sur laquelle ils ont mis noir sur blanc les points principaux d'un protocole d'accord, c'est une sorte de garde partagée : les semaines sont coupées en deux, les week-ends aussi, le principe « coupé en deux » dans toute sa splendeur. En revanche, le suivi des compétitions de Juliette sera assuré par Renée. Les parents n'ont jamais trop compris cette passion pour le tir à l'arc, Renée si, c'est pour ça que Juliette l'a choisie. Pour finir, Renée s'excuse de leur avoir causé tant de soucis, elle aimerait faire quelque chose pour eux en contrepartie. Pour les parents de Juliette, c'est déjà fait. Le papa de Juliette rajoute, mi-figue, mi-raisin, c'est la seule chose qu'il aura dite pendant cette réunion :

— C'est une sorte de kidnapping, cette histoire en fait. Une variation sur le thème en tout cas.

— Avec un zeste de syndrome de Stockholm, ajoute Renée qui adore avoir le dernier mot.

Cette fois-ci, c'est la mère de Juliette qui l'a.

— Cette péripétie aura au moins fait deux heureux : nos deux fils. Ils sauteront de joie quand on leur apprendra la nouvelle.

On paraphe, on signe, on nage en plein délire, chacun dans son couloir bien sûr, et on fait mine de l'ignorer. Une flèche, tirée d'on ne sait où, vient se planter au centre de la table, personne n'y fait allusion. Je suis le seul à l'avoir vue. C'est une flèche imaginaire. Non, Renée aussi l'a vue. Juliette est dans les parages, attentive et déterminée.

Mais ce qui se passe ensuite est digne du plus affreux des cauchemars, de ceux que nous avons tous faits enfant, de ces cauchemars qui marquent pour la vie, et souvent changent le cours de nos existences sans que jamais nous en ayons conscience. Les montagnes accouchent de souris, dit-on, mais cette fois-ci, c'est une souris qui accouche d'une montagne.

23

Quand je descends aux toilettes, à peine ai-je poussé la porte qu'une main vigoureuse m'attrape le cou par derrière, pendant qu'une autre me colle un chiffon humide sur le nez, technique ancienne, puis, une cagoule occultante vient recouvrir mon visage, je perds connaissance très vite. Pas de petits oiseaux qui chantent en prime, non. Je perçois néanmoins quelques chuchotements, rien de très intelligible, ça parle français, on dirait, avec quelques mots anglais : parking, standing, kidnapping... Je comprends que je suis en train de vivre mon premier kidnapping et que je suis le kidnappé, celui qu'on va ensuite échanger contre une rançon, ou un autre otage. Enfin, j'espère qu'un dénouement heureux est prévu dans le programme. Pendant les vingt secondes qu'il me reste de conscience, je passe en revue toutes les personnes, féminines et masculines, qui pourraient potentiellement avoir eu l'idée de ce projet saugrenu – m'enlever –, mais rien ne me vient, à part le nom d'Hermann Bloch, cheveu sur la soupe que je retire immédiatement, mais soupe dans laquelle je suis en train de me noyer, car c'est bien l'impression que j'ai à ce moment. Je vais mourir, c'est certain, et suis un peu déçu : c'est donc ça mourir ? Je m'étais imaginé un temps dilaté empreint d'un brin de solennité, ce moment à « mourir », je l'avais rêvé comme un hommage à ma vie sur terre, avec des discours élogieux et des musiques si bien choisies que j'en aurais eu les larmes aux yeux. Non, aucun angelot dans les parages non plus.

Les trois dernières secondes précédant ma perte de connaissance sont consacrées aux motivations d'un tel enlèvement, et là, la liste est bizarrement plus longue, c'est l'inventaire de toutes mes mauvaises actions, surtout celles faites en douce, dans le dos de victimes qui ignoreront mon méfait jusqu'à… ce qu'on me les fasse avouer. Et ce temps est venu, on l'appelle le jugement dernier. L'ultime seconde, elle s'étire enfin, a pour objet la personne qui paiera l'éventuelle rançon, et là, vraiment aucun nom ne me vient. Papa, je n'y pense pas. Il y aurait bien Maman, mais elle n'est plus là, et quand bien même, son petit PEL de retraitée du Conservatoire municipal des Lilas n'aurait pas suffi. Ensuite, on va me coller dans le coffre d'une voiture. Je l'espère spacieux. C'est fait. On va rouler des heures pour atteindre une ferme isolée plantée entre deux champs de maïs où enfin je ferai connaissance avec mes ravisseurs que j'imagine ravissants mais sans humour, ou pire avec un humour qui m'échappe, trop lourd ou trop spirituel. Des ravisseurs avec qui je passerai mes journées à jouer aux cartes, moi qui déteste ça.

Quand je reviens à moi, rien de tout ça, sauf pour les mauvaises actions qui viennent à la queue-leu-leu me demander des comptes. Je ne suis pas dans une ferme isolée, j'entends plus bas la rumeur de la ville. Je suis allongé dans un lit d'enfant, lui-même posé dans une chambre d'enfant. Par terre, je peux apercevoir des Playmobil et quelques Lego qui traînent sur un tapis Harry Potter. Cette vision rassurante me renvoie à ma propre chambre d'enfant, et à ce rai de lumière sous la porte que je fixais en m'endormant, preuve tangible que mes parents sont bien là, qu'ils me protègent pour la vie, et que je peux plonger dans mes rêves sans appréhension. Pas de rai de lumière ici, c'est la voix de Myrtille Poisson qui me revient en mémoire, sa colère est vive, sa voix cassante : « J'ai coché "homme" sur la commande, et on m'a livré "enfant"… » Je me lève, je suis groggy, je jette un œil par la fenêtre qui donne sur une courette d'immeuble, je compte, je suis au quatrième étage, sauter n'est pas une option. La tête me tourne, la nausée affleure, souvenir du chiffon humide sans doute. Je me dirige vers la porte ; à ma grande surprise, elle s'ouvre.

Un couloir que je longe, des photos aux murs, photos de famille dont j'ignore tout, je bifurque dans un salon : fauteuils club, canapé club, table basse, un portrait de femme au mur, peinture naïve : un homme âgé tète le sein d'une femme dont le visage est dans la pénombre. Sur la table basse, il y a une enveloppe kraft, un nom y est inscrit : « Jérémie Soldatini ». Pas un bruit autour de moi, l'appartement semble vide, je saisis l'enveloppe. C'est un anniversaire surprise ? Mais oui, voilà toute l'affaire : tous mes amis, ma famille, mes collègues vont surgir pour me souhaiter mon anniversaire, j'ai quarante ans, il y a même des anciens du lycée, trop heureux de me revoir, les inimitiés du passé paraissent envolées, je sens que cela va être le plus bel anniversaire de ma vie. J'ouvre l'enveloppe, il y a une feuille de papier que je déplie, quelques lignes que je lis, puis que je relis :

Vous n'êtes pas notre prisonnier, rendez-vous à cette adresse : 117, rue des Meuniers, nous vous y attendons pour 18 h 30. Soyez ponctuel. Vous comprendrez à ce moment-là la nécessité de cette amusante mise en scène. Désolé pour la petite nausée du réveil. Claquez bien la porte en repartant. PS : Il y a du smoothie frais dans le frigo, ça ne se garde pas.

Je fouille dans mes poches, plus de portable, je suis coupé du monde, il est 17 h 30. Il s'est passé presque vingt-quatre heures depuis ma rencontre avec les parents de Juliette. Renée s'est-elle inquiétée de ne pas m'avoir vu remonter des toilettes ? Yves, non plus, ne s'est pas inquiété. Yves le barman est-il lui aussi dans le coup ? Font-ils partie tous les deux de cette mise en scène nécessaire ? Comme ce terme est suspect, je ne vois rien au monde de nécessaire. « Et payer ses séances ? », demanderait mon analyste. Et si je n'allais pas à ce rendez-vous, si je descendais de ce train ridicule. Ma vie depuis ces trois semaines prend un tour trop étrange. Partir ? Quitter cette vie-là, et loin d'ici, en construire une autre. On rêve souvent d'île dans ces cas-là, et pour cause, une île est une terre entourée de mer. Ce même analyste jungien, j'en suis certain, se précipiterait sur ce fantasme dit « de première catégorie » pour noter qu'une terre entourée de mer donc de « mère » cela s'appelle l'enfance, et que se réfugier dans son enfance n'est pas la solution aux problèmes d'un adulte « responsable et lucide ». Mais qu'en sait-il ? Je le paye assez cher pour qu'il me foute la paix, non ? Je double mon prix s'il veut, avec mon poing sur la gueule en prime, depuis le temps qu'il me cherche, à vouloir à tout prix faire sortir « la colère originelle » de mon corps, celle du petit nourrisson dit-il, cette colère archaïque dit-il encore, somme de tous les impensés de l'humanité. On n'ose jamais demander son diplôme à son psychanalyste. On a tort, et tout le problème vient de là. J'ouvre le frigo, il y a bien une bouteille de smoothie, je trempe mes lèvres dedans : fraise, citron, bergamote, c'est frais, crémeux sans ostentation, avec un liseré de mousse fuchsia, j'en bois une gorgée. La douceur a maintenant une saveur. Je finis le reste du smoothie d'un seul trait et toute ma colère se dissout avec. Je suis à nouveau le doux agneau, ce gentil petit garçon que mon entourage célèbre par devant, et raille par derrière.

Je décide d'aller à pied au rendez-vous. Une petite heure de marche pour ne céder à rien, ni aux pensées, ni aux impensés. Pas de GPS non plus pour me guider, je suis obligé à plusieurs reprises de demander mon chemin à des inconnus. J'ai perdu cette habitude depuis l'arrivée des smartphones dans nos vies. Demander son chemin, voilà le bon moyen de recoller avec l'altérité. Il est écrit dans la Bible qu'une vraie demande est toujours exaucée ; je n'ai pas lu la Bible en entier, mais je me souviens très bien de ce passage, il m'avait marqué, moi qui ai tant de mal à prendre le risque de quémander. Mais demander son chemin est une vraie demande, la Bible n'a pas tort. Elle est exaucée, et j'arrive à l'heure au rendez-vous fixé.

Le 117, rue des Meuniers est l'entrée d'une piscine, ça ne peut pas être ça. Je vérifie sur le petit papier, c'est la bonne adresse. Au 115, il y a une épicerie, au 119, un immeuble d'assurance. Il est 18 h 25. J'entre. Une dame à la caisse me fait signe de m'approcher. Elle me tend un sac de toile. Je fais mine de ne pas comprendre. Elle insiste, je prends le sac.

— C'est votre maillot de bain, avec une serviette. Orange est bien votre couleur préférée ? Il y a un petit cordon à la taille si vous avez besoin de le resserrer un peu, je me suis dit que vous n'étiez pas trop « élastique ». Les maillots à « élastique », un jour ou l'autre, ça se détend, et le maillot est bon pour la poubelle. Vous n'êtes pas « élastique ».

— Non, non pas trop.

J'apprends enfin que je ne suis pas « élastique ». Elle me montre la direction des vestiaires. Je lui demande si je peux récupérer mon téléphone portable. J'attends un appel important ; un peu lourdement, je rajoute « nécessaire ». Rien à faire. La dame, malgré son beau sourire, est inflexible ; ce qui est nécessaire, c'est que j'emprunte ce fichu escalier qui mène aux vestiaires « hommes ». Son sourire me rappelle celui d'une institutrice qui rejetait toutes nos demandes de temps supplémentaires pour finir une interro par ce même sourire, le sourire qui dit « non » qui diffère du sourire qui dit « oui » par un seul détail, la forme de la pupille : une virgule tracée à la pointe sèche.

Arrivé dans les vestiaires, le préposé m'indique une cabine : la 68, il précise, en jetant un œil sur un petit papier. Il a une tête de chevreau sur un corps d'haltérophile, pas de cornes bien sûr, mais une petite houppette que les Tintinophiles n'auraient pas reniée, il a un léger accent slave.

— Vous n'êtes pas d'ici ?

Ma question a l'air de le blesser. Ce petit accent vient du Berry, région où il a grandi et où il a encore de la famille.

— Ma grand-mère, il précise encore, une force de la nature, c'est grâce à elle si je m'en suis sorti.

« S'en sortir », voilà un objectif honorable, mon père, tout occupé qu'il était par ses clientes – « À vue de nez, vous faites un 90B » –, a oublié de me fixer un objectif dans la vie. À vue de nez, je pourrais lui en vouloir à mort. Je me change dans la cabine 68, je laisse mes vêtements au cintre, comme me l'a précisé le préposé à houppette. Le maillot orange est parfait, et le petit cordon bien utile, c'est l'assurance que je ne me retrouverai pas cul nu après un plongeon des cinq mètres. Me demandera-t-on de plonger ? Je n'ai pas dit que je ne savais pas très bien plonger ; ça aussi, mon père a oublié de me l'apprendre. Un père doit apprendre à son fils à plonger. En sortant de la cabine, mon regard croise le numéro de la cabine 68, et je commence à comprendre pourquoi on m'a convié ici. Je remonte des vestiaires, un petit courant d'air frais glisse entre mes cuisses. Je déteste les piscines.

24

Je ne suis pas seul. L'eau est à 25 degrés. Nous sommes une bonne centaine à barboter dans le petit bain, comme attendant un cours d'aquagym géant. Si je compte bien, notre nombre exact est quatre-vingt-dix-neuf, avec chacun sa propre couleur de maillot de bain. Je ne pensais pas qu'il pouvait y avoir autant de nuances de bleu, de rouge, de jaune, de vert. Tous sont tranquilles, ça discute, ça fait connaissance, ça plaisante même, comme si la situation était parfaitement anodine. Je cherche Balthazar des yeux, je l'aperçois enfin, en maillot de bain comme nous tous, vert pâle. C'est la première fois que je vois un ministre en maillot de bain. Qu'est-ce que ça me fait ? Comment dire : un mélange inédit de fierté et de honte. Il m'a repéré, il vient vers moi, déambulant entre les petits groupes qui se sont formés, un mot d'encouragement par-ci, une plaisanterie par-là, aussi à l'aise ici que dans un cocktail au Quai d'Orsay. Cet épisode l'amuse beaucoup visiblement. Pas la peine de le questionner, il m'assure ne rien savoir de plus, il est là au même titre que les autres participants, c'est tellement rare pour lui de ne pas en savoir plus, il est enfin « un parmi d'autres », et ça lui plaît bien finalement. A-t-il lui aussi été kidnappé ? Tous ici l'ont-ils été, ou je suis le seul à avoir bénéficié de cette mesure nécessaire ? Je n'ose pas lui poser la question. Est-ce un jeu ? Le pilote d'une émission de téléréalité ? Je reconnais certains des visages aperçus sur le compte Instagram de Victor Tage. Aucune femme en revanche, Nitch n'avait pas ce vice : il ne giflait pas les femmes en public. Erreur, il y a une femme que je n'avais pas vue, c'est la seule : c'est Roberte, la monitrice qui m'avait giflé quand j'étais en colo. Il ne faut pas qu'elle me voie, nous nous sommes déjà tout dit. Mais soudain, une rumeur enfle, quelque chose va advenir, un brouhaha monte crescendo, rythmé par des bruits de béquilles et de frottements de tongs sur le carrelage. Pour finir, des portes claquent, et là, pas de musique, personne n'a pensé à lancer *We are the champions*, c'est un homme en peignoir qui apparaît au bord de la piscine : le procureur Raymondu en personne, peignoir bleu roi, démarche heurtée comme à l'accoutumée. Marcher avec des béquilles sur le sol mouillé d'une piscine n'est pas chose facile, il s'en sort assez bien. À chaque pas, les béquilles manquent de riper, mais il contrôle son affaire, un léger coup de poignet venant verrouiller chaque enjambée. Il s'immobilise, une certaine impatience se fait sentir, il va parler, et tout va s'éclairer, les raisons de cette mise en scène, comme le reste. Il s'éclaircit la voix comme un tribun de pacotille :

— Bonsoir !

Et comme un seul homme, tout le monde lui répond, quatre-vingt-dix-neuf gorges se déploient :

— Bonsoir !

Même moi, et pourtant je n'ai pas le sens de la meute. C'est pour ça je crois que j'évite les meetings électoraux, ou même les messes, sauf peut-être celles en plein air. Mais ici, je regrette presque cette appréhension, l'effet est saisissant, l'acoustique du lieu donnant à notre « bonsoir » quelque chose d'ample, de religieux. Il provoque même, on dirait, chez le procureur Raymondu, un petit frisson de contentement un peu crasseux, Hermann Bloch avait raison.

— Merci à tous de vous être pliés à cet exercice. Que votre sens des responsabilités soit loué. Que votre fibre citoyenne soit sanctifiée. Vous avez tous une vie, une famille, enfin je l'espère pour vous, et malgré tout, vous êtes venus, certains de leur propre chef, d'autres un peu contraints, toutes mes excuses.

Sans contrainte, aucune forme d'art n'est possible, disait un grand peintre de la Renaissance. Quand la partie d'un tout raconte le tout, l'artiste est là. Mais je m'égare, bien sûr, l'odeur du chlore sans doute.

Ça le fait rire, il est le seul avec deux autres : un maillot rouge carmin, et un bleu canard. Je croise le regard du procureur, rien ne passe, rien de personnel, je veux dire, je ne suis plus le numéro 1, mais le numéro 68, et ça change tout.

— Vous vous êtes comptés j'imagine, et vous êtes tombés sur le même chiffre que moi : quatre-vingt-dix-neuf. Un chiffre inachevé. Et vous en avez déduit que vous étiez les victimes de Guillaume Leroux, autrement dit le bien nommé Nitch qu'on a assassiné récemment. Bravo, vous avez tout bon.

Le procureur s'échauffe, son plaisir est de plus en plus palpable.

— Vous réunir tous au même endroit, qui plus est dans une piscine, n'est pas mon idée, ce genre d'idée ne me viendrait pas, à qui viendrait-elle d'ailleurs sinon au capitaine Scheitzer qui dirige cette enquête et qui ne devrait pas tarder ? En attendant notre cher capitaine, qui adore se faire désirer, y a-t-il des questions auxquelles un simple procureur handicapé puisse répondre ?

Des mains se lèvent, il distribue la parole, comme Jésus les petits pains.

— Vous comptez nous libérer vers quelle heure ?

— On pourra garder le maillot ?

— Il y a une erreur, le jaune n'est pas ma couleur préférée !

— Je voulais savoir s'il y a ici quelqu'un qui a un lien familial avec notre agresseur ?

— L'enquête sur le meurtre de Nitch, vous en êtes où, au juste ? Il n'y a rien dans la presse.

— Et l'inscription « ceci n'est pas une gifle », vous l'interprétez comment ? Comme un geste surréaliste ?

Roberte lève le doigt à son tour, je me planque derrière Balthazar.

— Pas de question, c'est juste pour dire que j'ai appris à nager dans cette piscine. Ça me fait quelque chose.

— Moi aussi, j'ai appris à nager ici avec M. Imbert.

— Moi aussi. Vous savez de quelle région est originaire M. Imbert ? Du Pays basque. Imbert est basque.

De fil en aiguille, le petit bain se transforme en cour de récréation, même le ministre se prend au jeu.

— Il y a un petit barbecue de prévu après ?

L'esprit potache, rares sont ceux qui n'y prennent pas plaisir, une question de taille d'élastique sûrement, l'élastique de notre cerveau, ou de notre morale, qui se détend un peu, et ça fait un bien fou.

Cavalcade dans les passerelles, portes qui claquent à nouveau, le capitaine Scheitzer apparaît à son tour. Il n'est pas en maillot, il a juste troqué ses chaussures de ville contre des tongs à fleurs. Tiens, tiens ! Il rejoint, un peu essoufflé, le procureur Raymondu qui, porté par son ivresse des cimes, l'accueille d'un tonitruant :

— Et on applaudit bien fort le capitaine de police Scheitzer !

Personne n'applaudit, l'élastique neuronal a tenu.

Scheitzer s'explique : s'il nous a réunis ici, c'est pour la photo, s'il nous a réunis dans cette piscine, c'est parce qu'il en a eu l'intuition, il ne peut pas trop se justifier, ce serait comme expliquer pourquoi une blague est drôle ou ne l'est pas, mais le décor de la piscine, tous ces corps à moitié nus, ces reflets dans l'eau bleutée, ces maillots de toutes les couleurs, pour la plupart les couleurs préférées de chacun, ce n'est pas un hasard, tous ces ingrédients réunis provoqueront « quelque chose », il en est certain, et n'a pas meilleure formule.

— « Quelque chose » qui me frayera un chemin vers la vérité. La photo de vous tous, les quatre-vingt-dix-neuf giflés, sera publiée sur Instagram, nous avons piraté le compte de Victor Tage à cet effet, et nous pensons…

Le procureur l'interrompt :

— Et « vous » pensez. Ne me mêlez pas à ça Scheitzer.

— Oui, je pense, et mon adjoint Fabrizzi est sur la même ligne, que la publication de cette photo de groupe déclenchera une réaction. Et que la centième victime potentielle ouvrira une brèche, car nous restons persuadés qu'il existe quelque part ce numéro 100 et qu'il pourra être identifié grâce à cette initiative. J'imagine que vous êtes tous impatients de percer le mystère de ces gifles. Pour certains, elles vous ont amusés, mais pour d'autres, ce fut traumatisant, je le sais, j'en ai été le confident. Merci en tout cas d'avoir accepté de participer à cette expérience un peu… comment dire, extravagante. Extravagante mais nécessaire. Avant de prendre la photo, vous avez d'autres questions ?

Pas de question. Non. Scheitzer a sorti son téléphone, il nous demande de nous resserrer un peu pour entrer tous dans le cadre. L'atmosphère est bon enfant, un brin surréaliste aussi mais personne ne s'en soucie. Mais au moment où le procureur, croyant bien faire, lance un petit « cheese » pour nous dérider, ça me revient, l'effet aquatique sans doute : ma conversation avec Annette, la belle-sœur du capitaine, me revient en mémoire. Je lève la main, et ce geste semble étonner mes collègues. D'où vient-il d'ailleurs ce geste ? Quel a donc été son parcours au gré des générations, et de quel autre geste ancien a-t-il été enfanté ? Le procureur hésite, échange un regard interrogatif avec Scheitzer, et me donne la parole, son exaspération est à son comble. Phénomène étrange, mes voisins s'écartent de moi, créant un cercle de défiance autour de ma personne. Roberte m'a vu. D'une petite moue agacée, le procureur m'encourage à parler, suggérant qu'il a autre chose à faire de sa soirée, comme par exemple rejoindre sa femme qui l'attend pour aller dîner chez ses beaux-parents. Je synthétise.

— Hier soir, j'ai été kidnappé, ma frayeur fut grande, je vous passe les détails, je voulais savoir si je suis le seul à l'avoir été, ou si d'autres l'ont été comme moi ? Kidnappé.

Aucune main ne se lève. Roberte me fixe comme si j'étais le plus effronté des mythomanes. Scheitzer me fait comprendre qu'il préfère évoquer ce sujet plus tard avec moi, car visiblement, cela fait partie du *process*. Il ne peut pas en dire plus pour l'instant.

— Autre chose ?

Le visage d'Annette me revient, et son aveu chuchoté avec, elle sait, elle, qui est la pièce manquante. Je lève la main, pris par un appétit d'exhibition dont je suis le premier étonné.

— Je connais le numéro 100, celui qui manque à l'appel, et pourquoi sa photo n'a pas été publiée sur le compte Instagram de Victor Tage.

La conséquence directe de cette révélation se situe au niveau du poignet gauche du procureur, et ce petit mouvement imprévu qui accompagne une moue agacée du même modèle que celle mentionnée plus haut entraîne ipso facto un relâchement au niveau de la béquille gauche du procureur, le bas de la béquille surtout. Je ne sais pas si « trébucher » est le bon mot, mais le procureur cherchant à se rattraper ne fait qu'amplifier l'élan initial. Scheitzer, concentré sur son cadre, demande qu'on s'applique un minimum. Il ne peut rien faire pour empêcher le procureur Raymondu d'effectuer une sorte de grand écart, comme filmé au ralenti, c'est beau à voir, ultime effort pour éviter une chute qui paraît inexorable. La tache bleu roi du peignoir du procureur vient alors s'exploser, puis fragmenter les reflets bleutés de la piscine, camaïeu du plus bel effet, mais maigre consolation pour le procureur qui finit à la flotte comme une pauvre serpillière en fin de vie. La manière dont il évoluera dans l'eau serat-elle plus harmonieuse que celle qui préside à ses déplacements sur le sol ferme ? Non, il coule directement au fond, mais grâce aux numéros 14, 56 et 45, il est ramené à la surface sans encombre, sa vexation semble immense. Le numéro 34, c'est Roberte, récupère les béquilles. Je croise à nouveau son regard, indifférent.

Scheitzer a immortalisé cette chute, et la photo figurera en bonne place, c'est certain, dans l'album de ses plus grands bonheurs avec la légende suivante, en hommage au célèbre tableau de Rembrandt : *Raymondu au bain*.

25

Paul Scheitzer, feu le frère du capitaine, est effectivement le numéro 100 de la série, celui qui manque au tableau. Il a bien été giflé par Nitch, comme me l'avait confié Annette, sa veuve, et même si les circonstances de cette gifle restent floues, cette information, gardée innocemment secrète par nous deux, met Scheitzer dans une rage que même Fabrizzi n'avait jamais envisagée chez son chef révéré. Manifestement, dame jalousie est à la manœuvre. Scheitzer a eu l'image, la fameuse image, l'obsession faite image : celle d'Annette et de moi enlacés, emboîtés, inimaginable pourtant. De fait, je redeviens le suspect numéro 1. Inconsciemment cette place de numéro 68 devait me peser, sera-ce le sujet de la prochaine séance avec mon jungien ? Je le crains. Si la photo de Paul Scheitzer n'a pas été publiée sur Instagram, c'est sans doute parce qu'il est mort, et que l'ombre d'un cadavre aurait corrompu l'harmonie de l'œuvre de Nitch.

— Et surtout sa dimension facétieuse.

La mort et l'humour font bon ménage, pourtant. C'est, quelle que soit la région du monde, un couple à succès. Mais la photo de cette centième gifle a-t-elle été effectivement prise ? Si oui, a-t-elle été effacée, ou existe-t-elle stockée quelque part ? Les recherches sur le compte Instagram de Victor Tage n'ont rien donné, et le bornage de son portable non plus. La technologie étant volatile et l'espoir infantile, le capitaine se rabat sur les bonnes vieilles techniques d'interrogatoire. Il a ressorti l'expertise balistique de l'arme du crime, le Dai Lung, et toute une série de questions dont la première, connue de tous, est la rampe de lancement de tous les aveux :

— Nom, prénom, profession ?

Dans les histoires d'amour, aussi, il y a toujours ce moment chéri où l'on tente de remettre les compteurs à zéro. On y a tous cru. Mais l'amnésie opère peu dans les amours domestiques.

— Soldatini Jérémie, éditorialiste politique au chômage.

Scheitzer a perdu sa douceur, comme un vernis à ongle qui s'écaille.

— Avez-vous tué ou tenté de tuer ou envisagé de tuer Guillaume Leroux, dit Nitch, avec une arme du type Dai Lung ?

Fabrizzi répète la question sur un autre ton, plus neutre, en inversant certains mots. Je réponds la même chose :

— Non, non, je ne crois pas… Oui, j'ai envisagé de le tuer pendant quelques minutes. Ça m'a traversé l'esprit. Mais tout le monde a eu un jour l'envie de tuer un autre humain, non ? Et la terre serait bien moins peuplée si nous étions tous passés à l'acte. Il y a même des statistiques là-dessus si vous voulez.

Non, ils ne sont pas intéressés par ces chiffres, et cette réponse ne leur suffit pas, ils la connaissent par cœur, je ne suis pas le premier « intellectuel » à passer entre leurs mains. Je raconte alors les faits et leur enchaînement exact : la mission Dejaembe, ma planque en face du café *La Fourmi*, la rencontre apparemment fortuite avec Myrtille Poisson, sa menace de mort évidente, le canon du Dai Lung pointé à bout portant sur mon entrecuisse en est la preuve, et puis ce miraculeux Nihon-Nukite venu d'ailleurs qui me sauve la vie.

— Je reprends votre première déposition : vous ne l'avez donc pas « trouvée » cette arme ? Vous l'avez subtilisée à cette Mme Poisson ?

— Disons que, suite à mon Nihon-Nukite, le Dai Lung a glissé dans le caniveau, et que bien plus tard, j'ai mis la main dessus par le plus grand des hasards, et comme j'ai eu peur que Mme Poisson puisse le retrouver pour me menacer à nouveau, j'ai préféré le garder avec moi.

Je me dis que seul un type comme le capitaine Scheitzer, auteur de l'irremplaçable méthode du même nom, devrait entériner cette vérité, et même y déceler suffisamment d'indices pour nourrir sa machine à signes. Fabrizzi, je le vois, n'est pas indifférent à cette version, mais la jalousie aveugle Scheitzer et le coupe de ses belles inspirations. Je connais ce sentiment. Je demande à récupérer mon téléphone.

— J'ai peut-être eu des messages qui pourraient éclairer l'enquête.

J'insiste aussi pour savoir pourquoi j'ai visiblement été le seul à avoir été kidnappé. Scheitzer m'accorde dix minutes de téléphone, et pas de réponse à la deuxième question : j'en conclus que j'ai bien été le seul à avoir été enlevé.

Trois messages sur ma boîte vocale, et quatre SMS en souffrance. Deux messages de Renée qui veut que je la rappelle pour un truc urgent, ce qu'elle redit dans trois des quatre SMS avec une foule d'émoticônes en soutien. Le troisième message est de mon analyste, mon jungien. Il veut décaler notre prochain rendez-vous, en raison d'un pataquès avec un autre analysant. Il va pour raccrocher, mais se ravise, je m'attends au pire :

— En fait, pas la peine que vous reveniez me voir, monsieur Soldatini. Non pas que vous ayez fini votre analyse, Dieu sait que vous en êtes loin, mais c'est plutôt que j'en ai fini avec vous. Je ne suis pas insensible aux rumeurs vous concernant, mais l'explication n'est pas à rechercher de ce côté. J'ai un nouveau client en grande demande, il a un lien affectif avec vous m'a-t-il dit, et mon éthique professionnelle m'ordonne de choisir entre vous deux. J'ai bien réfléchi, vous filez un mauvais coton, certes, mais ce nouveau client va vraiment très mal, et c'est surtout un cas très intéressant pour le jungien que je suis, un cas qui ne se représentera pas de sitôt. Je cherche depuis longtemps un cas pareil pour nourrir un livre important que je couve depuis pas mal d'années. Quand je dis couve, c'est presque au sens littéral. N'y voyez aucune attaque personnelle, donc, ou règlement de compte, non. Un analyste jungien n'a pas vocation à être revanchard. Vous êtes de nature bienveillante, vous comprendrez, j'imagine, mon choix. En guise de dédommagement, et pour vous permettre de reprendre sereinement une analyse avec un collègue – je vous conseille de voir une analyste femme plutôt –, j'ai décidé de vous retourner l'ensemble des sommes que vous m'avez cédées depuis le début de votre analyse. Onze ans d'analyse, à raison de deux séances et des poussières par semaine, pour environ, côte mal taillée, quarante-deux semaines par an, ce qui fait, j'ai arrondi à 1 076 séances à 50 euros…

Je raccroche. Je retiens un moment mes larmes, puis éclate en sanglots, un vrai gros chagrin car c'est un abandon pur et simple que je suis en train de vivre. On vient de me déposer là, sur les marches d'une église d'un bled de campagne, dans un petit couffin de fortune, il est tard, il fait froid, et la seule question qui m'agite est la suivante : quelqu'un va-t-il me trouver avant la tombée du jour ? Avant le loup ? Avant l'orage ? Ou le gel ? Ou les trois ?

Je lis le quatrième SMS, il me vient de mon père : « Rappelle-moi, s'il te plaît Jérémie. » Je vais pour le rappeler mais les dix minutes réglementaires sont dépassées. Scheitzer me reprend mon téléphone, il a parlé avec le procureur Raymondu qui l'a autorisé à me remettre en garde à vue, les nouveaux éléments lui ont paru suffisamment probants pour le justifier. Mais quels sont-ils, ces nouveaux éléments ? Mon omission concernant son frère ? C'est une autre question qui m'agite : quel est ce client si « proche de moi » que mon jungien m'a préféré ? Dejaembe ? C'est certain, je ne vois que lui, le voilà le cas d'école qui va devenir le sujet d'un livre important, la voilà la vengeance à mettre dans les annales, sans compter qu'il pourra travailler mon analyste au corps, il sait si bien le faire, et tout connaître de moi, plus aucun recoin de mon âme ne lui sera étranger, c'est un viol monsieur le procureur. Je suis anéanti.

On me remet en cellule. Cette fois-ci, on m'a retiré ma ceinture et les lacets de mes chaussures. Une idée qui m'était jusque-là étrangère s'insinue en moi : Scheitzer craint-il que je me suicide ? Le gris des murs et l'odeur des latrines sont pour beaucoup dans cette nouvelle hantise, l'absence de ceinture à mon pantalon de velours aussi. Je repense au thème du vertige que le baron avait exploré pour écrire un de ses romans de commande. L'idée du suicide est un vertige. Elle vous oblige elle aussi à considérer le vide, à vous pencher au-delà de votre centre de gravité. L'œil était dans la tombe et regardait Caïn. On parle beaucoup du poids de l'inconscient, mais la conscience pèse aussi sur nos épaules chétives. Quel crime ai-je commis ? J'ai tué Nitch. Black-out, c'est cela ? J'avais de bonnes raisons de le faire, comme mes quatre-vingt-dix-huit collègues. Je sens l'aveu qui monte en moi, un bol d'air, comme le baume appliqué à cette brûlure qui m'empêche de respirer. L'aveu n'est plus une preuve de culpabilité depuis très longtemps. Mais pourquoi tant de gens ont-ils besoin d'avouer des crimes qu'ils n'ont pas commis ? Quelle est cette culpabilité qui nous submerge ?

Après deux heures de cette solitude, un autre détenu me rejoint dans ma cage. J'ai lu quelque part qu'il fallait se méfier des codétenus, ils sont très souvent des moutons placés là pour créer des amitiés faciles et nous faire avouer l'inavouable. Il est blessé au visage : des marques de coups, une arcade gonflée, une main entourée d'un bandage par endroits ensanglanté. L'homme a un accent roumain, il a été pris en flagrant délit de cambriolage et, après une course-poursuite de quelques minutes, il s'est fait plaquer au sol par deux colosses de la BAC. Il m'explique que le cambriolage devait être sans risque, mais il soupçonne un complice de l'avoir balancé. Je l'écoute quand même, le gars est terrorisé, il est un petit bambin, et sa frayeur paraît sincère. Elle est bouleversante. J'arrive à le calmer, le cajoler, son cambriolage n'est qu'une tentative de cambriolage, au pire, il prendra un peu de sursis, et un bon coup de règle sur les doigts. Il est tranquille à présent, il me parle de sa mère, de sa sœur, de cette famille qui a tant misé sur lui et qu'il ne veut pas décevoir, et de ce père mort dans une guerre d'avant la guerre, sa vie est un roman, et la mienne paraît soudain dérisoire, avec mes éditoriaux faussement subversifs, teintés de cette ironie facile qui est ma marque de fabrique, et qui me rend si fier, si bêtement fier de moi. Amuser la galerie. Vanité ouatée de l'éditorialiste qui cocoone dans sa bulle de verre sans craindre les flèches du dehors.

Vers sept heures et quart, on vient me sortir de ma cellule. Pas de petit déjeuner en vue. On me redonne ceinture et lacets, un peu de dignité aussi. Dehors, le jour est à la peine. Le ciel est gris comme l'étain des gamelles des campeurs débutants. Drôle de façon de commencer une journée.

26

Me voilà donc à la place du mort, dans un fourgon de police qui roule vers une banlieue inconnue. Ma garde à vue prend un drôle d'air, on dirait. Scheitzer est au volant. Il se plaint de la mauvaise tenue de route du véhicule.

— Elle est sous-vireuse, c'est la plaie. Survireuse, ça peut se gérer, à la rigueur, mais sous-vireuse…

Y a-t-il un sous-entendu ? Un double sens ? Que répondre ? Cette conversation a-t-elle juste pour fonction de taire nos silences, et étouffer notre malaise ? Je dois dire quelque chose :

— C'est vrai que sous-vireuse…

— Le commandant est radin comme tout, il a confié la réparation de la camionnette à son beau-fils, il est en apprentissage depuis deux mois, résultat…

— Elle est sous-vireuse.

— Comme la stratégie managériale du commandant, oui.

Nous quittons la ville, ça roule bien. Mon père adorait dire « ça roule bien » quand on partait en vacances, c'était pour lui le signe de bonnes vacances à venir même si ça ne s'est jamais vérifié. On m'a rendu mon téléphone : Renée m'a laissé plusieurs autres SMS, je lui réponds en vingt-deux signes que je la rappelle dès que je peux. En vingt-cinq autres signes je lui demande ce qu'elle veut, elle répond qu'elle veut juste me parler et qu'elle s'inquiète pour moi, et plus précisément, elle l'écrit en lettres capitales : POUR NOUS.

— Vous vous demandez certainement où nous allons, monsieur Soldatini ? Vous n'avez pas une petite idée ?

Suis-je le cobaye d'une nouvelle expérimentation policière ? Je n'ose pas poser de questions, ni y répondre. Pourtant, le capitaine paraît dans de meilleures dispositions à mon égard. Il a sans doute parlé avec sa belle-sœur Annette hier soir et, après le curry d'agneau, celle-ci l'aura rassuré :

— Il n'y a rien entre cet homme et moi. Il est sympathique, c'est vrai, d'une douceur inhabituelle pour un homme de média, mais tu sais, j'ai tendance à trouver tout le monde sympathique, ça me joue des tours parfois, mais la vie est plus supportable comme ça, non ? Paul aimait beaucoup chez moi ce trait de caractère.

Elle a raison, bien sûr. Peut-être même que cette petite parano les aura rapprochés, elle et lui. Annette est probablement passée à la couleur, je me dis, juste après la tarte au citron coupée en sept, et le capitaine a pu enfin lui « déclarer sa flamme », quelque chose de simple.

— Annette, nous avons perdu assez de temps comme ça. Nous nous aimons, ça crève les yeux, alors aimons-nous.

Ou bien :

— Hier, je suis allé sur la tombe de Paul, il m'a dit qu'il était d'accord pour que nous nous aimions. Si Paul est d'accord, qu'est-ce qui nous retient ?

Bientôt des arbres : des peupliers, j'aime bien leur allure, cette nonchalance qui manque tant au chêne. Scheitzer se déride, au sens propre : je constate qu'une, puis deux des rides de son front s'estompent, celle du coin de l'œil gauche résiste. Tiens ! Un champ avec trois vaches posées comme des Playmobil sur une moquette, ça repose les yeux.

— Je ne vous ai pas dit que j'avais un autre frère ? Un grand frère.

Je pense aussitôt au Père Scheitzer, Philippe Scheitzer, mais ça ne peut pas être lui.

— Il sort de prison aujourd'hui. Liberté conditionnelle après seize ans de détention. Nous passons le chercher, et puis… surprise.

C'est lui !

— Il est prêtre, c'est ça ?

— Était prêtre. Vous connaissez son histoire, donc. Vous m'avez Googlelisé et vous êtes tombé sur lui, c'est cela ?

— Presque. La logique de mes recherches était un peu différente mais je suis bien arrivé à lui. Son destin est assez incroyable.

— Incroyable et beau.

Il me raconte l'histoire, celle que je connais déjà, mais son point de vue semble tout autre, il n'a semblé retenir que la beauté de l'histoire d'amour entre son frère et son amie infanticide et morte.

— Infanticide et incandescente.

Le reste, le crime, sa résolution, passe au second plan. L'admiration qu'il a pour son grand frère m'émeut énormément, j'ai beau chercher, je n'ai pas d'exemple identique dans mon propre entourage. Je réalise alors avec tristesse que je n'ai jamais admiré personne, mis à part quelques personnages historiques qui m'apparaissent soudain dérisoires : le général de Gaulle est un Playmobil désormais, Mendès France, Tocqueville et Bourvil aussi, qu'ils jouent sans moi maintenant !

— C'est grâce à Philippe que je suis entré dans la carrière, j'ai fait mes premières armes avec lui, au commissariat de Mante-la-Jolie. Il m'a pris sous son aile. C'est de lui que je tiens ma méthode, cette mise en orbite des indices microscopiques. Mon frère est un instinctif, un vrai, il sait garder cette connexion avec son inspiration, comme peu savent le faire.

Nous arrivons aux abords d'une prison dont les bâtiments modernes font penser à un empilement de *Titanic* mis au rebut. Nous passons un premier contrôle, échange de badges, de clic, la barrière s'ouvre.

— Le black-out, c'était ça votre idée Soldatini ?

— Oui. Je me suis dit que moi aussi j'aurais pu tuer sans m'en rendre compte. Passage à l'acte, mais secret.

— J'y ai pensé aussi, mon grand frère est un peu le mètre étalon français du black-out. Et dans votre histoire, le black-out était bien sûr une option, mais je l'avais mise de côté. Sans doute par superstition.

— Mon père dit toujours : « Je ne suis pas superstitieux, ça porte malheur. »

— Et vous, vous êtes superstitieux ?

— Le moins que je peux, mais parfois, c'est un refuge bien agréable, les rêveries qui en découlent sont des lagons. Les pensées rationnelles sont épuisantes à la longue.

Scheitzer sourit, il abuse peu de ce genre de pensées.

— Vous savez pourquoi je ne me suis pas engouffré dans l'hypothèse du black-out dans votre affaire ?

— Je ne sais pas, parce que vous m'aimez bien.

Il éclate de rire. Nous passons un deuxième contrôle, même rituel.

— Non. Je vous aime bien mais ce genre de considération n'a pas d'incidence sur mes investigations. Non. La raison est que je ne crois pas que mon frère ait tué son amie. Cette histoire de black-out est une invention du procureur Raymondu, il était très jeune procureur à l'époque, mais déjà très borné et très mal entouré par une armée de psychologues prétentieux, et la culpabilité de Philippe a fait le reste du chemin. Le président du tribunal était franc-maçon en plus, se faire un curé défroqué était une chance pour lui, et l'espoir d'une promotion son mobile unique. Ça n'a pas raté, il est ministre de la Justice aujourd'hui. Cette histoire de black-out arrangeait tout le monde aussi, mon frère le premier : d'où que puisse venir la punition, il voulait être puni pour cette passion interdite. C'est comme ça qu'il la qualifiait.

— Qui a tué son amie alors ?

— J'ai mon idée.

— Guillaume Leroux ?

Ma suggestion, pur réflexe dialectique, n'a aucun écho chez le capitaine, sauf, éventuellement, l'ombre d'une crispation au niveau du même coin de l'œil gauche. Je m'aventure néanmoins dans cette hypothèse. Il n'est pas rare que deux affaires très éloignées dans le temps et dans l'espace trouvent leur résolution dans une réduction, au sens orthopédique, de cette faille spatiotemporelle. Première phase : trouver un lien entre Nitch et l'amie de Philippe Scheitzer. Son prénom n'apparaît dans aucun article, appelons-la « Cassandre » pour simplifier. Deuxième phase : Nitch avait de bonnes raisons de lui en vouloir. Troisième phase : il tue Cassandre, et profite de la relation inappropriée de la dame avec le Père Scheitzer pour lui faire porter le chapeau, la casquette dirait Dejaembe. Seize ans plus tard : le temps de la vengeance, quelqu'un assassine Nitch, noyant le poisson dans ces histoires de gifles à répétition. Pourquoi si tard ? Certains criminels de guerre ont bien réussi à échapper à la loi pendant des décennies. Qui pourrait avoir eu envie de se venger si longtemps après ? Quelqu'un qui était lié à Cassandre ? Parent, enfant, amant ? Ou alors : quelqu'un qui veut innocenter un homme accusé à tort, et qui de surcroît veut être condamné. Damnation plutôt que salut. Un seul nom sort du même chapeau : le capitaine Scheitzer. Je pousse mon pion un peu plus loin : Scheitzer avait rassemblé les preuves de la culpabilité de Nitch, mais sachant qu'un nouveau procès était impossible, et que surtout son frère n'en voudrait jamais, il décide d'appliquer seul le châtiment suprême. Cassandre peut enfin respirer.

Nous nous garons sur le parking de la prison, places libres à gogo. On entend au loin les cris étouffés de prisonniers qui jouent à la balle du même nom. Scheitzer répète entre ses dents, comme un mantra :

— J'ai mon idée, j'ai mon idée.

— On a peut-être la même ?

27

Je suis seul maintenant dans la camionnette. Plus un bruit aux alentours, la partie de balle aux prisonniers semble terminée. Jouent-ils aux dames, maintenant ? D'ici, je ne peux entendre le frottement des pions sur le damier, mais j'en mettrais ma main à couper.

Je m'aperçois alors que Scheitzer a laissé les clefs sur le contact. Elles pendent comme une pluie de décorations au poitrail d'un ancien combattant. Sa confiance me touche, ce policier a l'âme d'un bénédictin, ou d'un sage, miser sur le salut plutôt que sur la damnation est un pari osé. Une philosophie ? Je pourrais m'enfuir, et disparaître. Cette idée insensée me traverse l'esprit : embrasser la carrière d'un fugitif me paraît soudain si excitant. Haricot magique des temps modernes, l'éditorialiste politique le plus brillant de sa génération sort enfin de sa gangue, et devient, le temps d'une chronique, le sujet privilégié de tous ses collègues.

Comment expliquer la métamorphose de Jérémie Soldatini si ce n'est en observant à la loupe le couple « temps de la réflexion »/« temps de l'action » et ses variations infinies ? Soldatini, le soldat de plomb de l'échiquier médiatique, a renversé la table. Est-ce si surprenant que ça ? Un tant soit peu d'honnêteté intellectuelle nous obligerait à répondre : « non ». Je réponds : « non ».

Les polices sont à ses trousses ; après celles de la pensée unique, celles des tuniques. Trop, c'est trop. L'allitération et la tautologie comme instruments de révolte, Soldatini les a beaucoup utilisées. Aujourd'hui, son enseignement passe enfin la rampe.

Ailleurs, à gauche, le ton est carrément emphatique, à croire qu'elle n'a pas tout à fait baissé les bras.

Qu'un éditorialiste de la réputation de Jérémie Soldatini décide de faire un bras d'honneur à son milieu, renonçant par là même à tous les petits compromis et avantages en nature (exemple : chouquettes avec le café du matin), pourrait, dans un avenir prochain, donner des envies à tous les exégètes de la politique hexagonale. Un nouvel art de la fugue est en train de s'écrire en ce moment avec lui, et nous sommes toutes et tous derrière son épaule, impatients de le voir poser le point final.

Et moi, quelle serait ma chronique matinale sur ce fugitif d'une variété nouvelle ? Je fixe la porte de la prison longuement, rien ne me vient. Ni superlatifs, ni épitaphes. Comme un grand chef qui va dîner chez un collègue restaurateur étoilé, je m'abstiens de tout commentaire, je profite, je jouis, j'apprends. J'attends que Scheitzer revienne avec son grand frère, et mes ambitions de desperado cèdent vite la place au délicieux supplice de l'attente. On sait tous que l'attente est un moment émotionnellement bien supérieur à celui de la rencontre avec l'objet de l'attente, rencontre qui s'avère souvent cruellement décevante. Mais cette fois-ci, cette croyance est démentie. La porte de la prison s'ouvre enfin : Éric et Philippe Scheitzer apparaissent, et le spectacle de ces deux hommes qui marchent côte à côte est d'une beauté troublante, yin et yang font figures d'amateurs et sont sur-le-champ remisés au purgatoire des brouillons trop raturés. Éric et Philippe sont frères, et jamais cette phrase n'aura été si bien illustrée. Il y a là, flottant dans l'air, un mélange d'amour et d'amitié, de respect, de complicité, ils sont à la fois leur père et leur mère, la source et l'estuaire, et toutes les branches de leur arbre généalogique se sont faites racines pour mieux les porter. Leur maman accouche à nouveau, et la péridurale fait ce qu'elle peut pour se faire oublier,

Éric et Philippe braillent leur enchantement d'être à nouveau réunis.

Je me souviens de cette habitude que j'avais, quand j'étais plus jeune, de passer du temps dans les gares à attendre l'arrivée des trains longue distance pour assister aux retrouvailles entre les voyageurs et leur famille. J'adorais ce spectacle où deux personnes se retrouvent et, suivant ce qui se passait entre eux, je pouvais imaginer leurs vies en aval, et en amont de ces retrouvailles. Minutes souvent très brèves, intenses, toujours touchantes, mais vite gangrénées par les petites rancœurs, et ce fichu virus de l'ordinaire. Je me disais à l'époque qu'il faudrait toujours vivre comme si on venait de se retrouver à l'instant, et entretenir cet émerveillement dont parlent les philosophes qui n'ont jamais eu à choisir entre leur papa et leur maman. Éric et Philippe Scheitzer vivront pour toujours ce moment, ils s'en nourriront toute leur vie, j'en suis persuadé, et mourront avec, apaisés et debout.

— Philippe, je te présente Jérémie Soldatini dont je t'ai déjà parlé. Il va passer la journée avec nous si tu n'y vois pas d'inconvénient.

Cet homme a passé presque seize ans en prison, je viens de vivre ses premiers pas d'homme libre en direct, et il pose sur moi le regard d'un pêcheur qui rentre bredouille de la rivière, et qui ne s'en porte pas plus mal, on appelle ça dans certaines fédérations : pêcher par omission.

— J'aime beaucoup vos éditoriaux, monsieur Soldatini. Nous en débattions avec mes deux codétenus, c'était notre gymnastique matinale, plus vivifiant que les pompes et les abdos, je vous assure. J'espère vous réentendre très vite. Cette mise à l'écart est bien triste, injuste, j'imagine. Vous nous manquez. Quand Éric m'a dit qu'il vous connaissait, j'ai insisté pour que vous soyez là ce matin. Nos retrouvailles avaient besoin d'un témoin de qualité, j'ai pensé que vous seriez la bonne personne. Si vous pouviez nous consacrer une chronique de trois minutes trente, nous en serions ravis. Je plaisante.

La camionnette sort enfin de l'autoroute, petite bretelle en os de seiche. Je suis maintenant coincé entre les deux frères Scheitzer, qui se parlent comme si j'étais invisible, comme si j'étais un hygiaphone. Ils sont intarissables sur ce temps perdu qu'ils se promettent de traquer. Je les observe à tour de rôle au risque d'un torticolis. Ils ont tous les âges : enfant, adolescent, nourrisson, ils passent de l'un à l'autre tels des trapézistes virtuoses. Je suis leur filet de sécurité aussi. Philippe, le plus vieux des deux, paraît le plus jeune. Éric se sent bien dans ce rôle d'aîné qu'il a tant convoité depuis tout petit.

— Tu te souviens, tu ne supportais pas quand on disait que tu étais mon petit frère. Tu aurais tué tous ceux qui disaient ça, certains sont sans doute morts aujourd'hui.

— Et c'est tant pis pour eux.

— Paix à leurs âmes.

La prison l'a recentré, Philippe le dit plusieurs fois, afin de s'en convaincre.

— La prison m'a recentré, je ne peux pas dire autrement. C'est une expérience que je conseillerai à tous ceux qui souffrent de dispersion ontologique.

Mon père dirait que la prison lui a remis les yeux en face des trous, ce qui est le premier pas vers la clairvoyance. Il a aussi beaucoup investi dans la prière, œcuménique en diable : un parricide juif, un pédophile arabe, un trafiquant de drogue catholique, et un aumônier orthodoxe l'ont rejoint dans des moments de prière qu'il qualifie de « roboratifs ».

— Prier ensemble, c'est comme respirer le même air : rien de plus simple si on n'y pense pas, rien de plus compliqué si on y pense.

Il n'est bien entendu pas question d'évoquer le drame qui l'a conduit en prison. Je suis pourtant impatient de l'interroger là-dessus. Mille questions piaffent, et soudain, je me souviens que je ne connais toujours pas le prénom de son amie morte. La question fuse sans que je l'y ai autorisée.

— Elle s'appelait comment déjà votre amie ?

Et cette question provoque un blanc interminable. Vont-ils m'éjecter de la camionnette manu militari ? M'écarteler comme on le faisait au Moyen Âge ? M'ignorer jusqu'à la fin des temps ? Rien de tout ça.

— Je ne peux pas le dire, elle n'avait pas de prénom pour moi, c'est un accord que nous avions, elle et moi. Ça peut paraître insolite, psychologiquement aberrant, mais une certaine forme d'anonymat parfois accroît les intimités. Pour moi, elle était « toi », et pour elle, j'étais « toi ». Deux « toi » sous le même toit, dirait Jacques Prévert. J'adore Jacques Prévert. Certains ont prétendu que c'est cela qui l'a perdue, les mêmes auraient sans doute baissé les yeux en face d'elle. Elle a vécu ce que la jalousie peut nous pousser à faire de pire, et elle l'a traversée, cette jalousie, comme on traverse l'enfer, faisant croire à tous que les flammes étaient ses alliés, c'est sans doute cela qui m'a tant bouleversé chez cette femme. Son courage. Nous n'avons jamais partagé le même toit. Au point de…

Il arrête là sa phrase, la tient en suspens quelques secondes, Éric a les larmes aux yeux. Machinalement, il enclenche les essuie-glaces, puis se rend compte que la vie ne marche pas comme ça, aucun interrupteur n'existe pour ça, et celui qui pourrait l'inventer n'est pas encore né. Philippe me sourit, la fameuse loi des vases communicants.

— C'est tout ce que vous vouliez savoir, monsieur Soldatini ?

Nous entrons dans une petite ville, élue meilleure bourgade fleurie de son département, et nous passons sous une banderole qui barre la rue principale, et sur laquelle est écrit :

« Cross-country inter police régionale 1972. »

28

Fabrizzi est en tenue : short de running, débardeur, baskets, il porte haut les couleurs de son commissariat : vert et rouge avec deux hashtags or en quinconce. C'est une création originale dessinée par le brigadier Gaget, artiste dilettante, et sosie officiel de Roger Moore. Fabrizzi nous présente Charlie, sa fameuse Arménienne, qui a pris une journée de RTT pour venir l'encourager. Charlie travaille dans l'humanitaire, elle est en période d'essai, décrocher des RTT n'a pas été simple. Avec le capitaine Scheitzer, nous l'imaginions petite, brune et potelée, elle est blonde et élancée. Nous la pensions taiseuse, supérieure, elle est chaleureuse. Nous ravalons nos a priori sans amertume aucune, avec soulagement même. Chaleureuse et volubile.

— J'ai dit à Jules : prends cette sortie, chéri, trop tard ! La suivante, nous l'avons ratée aussi, ma faute en revanche : j'étais en train de lui expliquer la différence entre le madzoun et le ghapama, deux plats traditionnels de chez moi, on a failli finir à Tonnerre, c'est dire si notre couple est orageux.

Et nous constatons que Fabrizzi, Jules de son prénom, en présence de Charlie, n'est plus exactement le même : il rit, tout pour lui est devenu matière à rire, la blague sur Tonnerre bien sûr, parce qu'elle est drôle, mais même l'erreur de date sur la banderole annonçant le cross-country le met en joie. Il se perd dans les détails, mais personne ne lui en veut.

— Ils ont ressorti une vieille banderole du siècle dernier et personne n'a fait attention à la date. En même temps, passer une journée en 1972 incognito, pourquoi pas, je me suis dit. C'est l'année de ma naissance en plus.

Charlie s'adonne alors à son passe-temps préféré, un truc qui lui vient de sa grand-mère arménienne, passionnée de scrabble et de numérologie.

— 19 + 72 = 91, et 91 est l'âge auquel ma grand-mère est morte justement, précise Charlie, et comme 9 + 1 font 10, mon pronostic pour notre couple est fixé : dix ans. Un chiffre rond, c'est prometteur, non ?

Fabrizzi éclate de rire, elle lui plaît tellement cette Charlie. Ils sont ensemble depuis deux semaines, et elle dit « couple » à tout bout de champ. Pat, mauvais exemple peut-être, n'a jamais dit « couple », pas une fois en dix ans en parlant de nous, ou alors dans son sommeil mais je devais dormir sur mes deux oreilles. Pendant ce temps, Philippe Scheitzer fait le tour des collègues de son petit frère Éric. Tous connaissent l'histoire, la version du capitaine bien sûr. Le préfet paraît intimidé par ces seize années d'enfermement qui le contemplent comme les pyramides égyptiennes Napoléon. Ils échangent quelques mots en aparté, comme les hiérarchies sont inversées parfois : on dirait un curé de province qui rencontre le pape en personne dans la file d'attente du boulanger. De quoi parlent-ils ?

— Deux histoires qui entrent en collision, c'est autrement plus riche que deux personnes. Deux histoires qui entrent en collision, c'est la promesse d'une troisième histoire, me glisse Scheitzer à l'oreille.

Le procureur Raymondu n'a pas été invité. Il n'a rien à faire ici, surtout depuis l'épisode de la piscine. Éric doute que Philippe eût apprécié sa présence, mais elle aurait donné au tableau la tonalité ubuesque qui lui manque un peu. Un con, ça rassure les moins cons. À moins que ce soit moi qui la lui donne cette tonalité. C'est vrai : qu'est-ce qu'une garde à vue qui se poursuit ici, à quelques mètres de la ligne de départ d'un cross-country inter police, en compagnie d'un condamné pour meurtre en liberté provisoire ? Ce n'est pas une garde à vue, c'est autre chose, mais quoi ? Hervé Dejaembe le saurait, lui.

Décidément, Raymondu n'a pas complètement tort, les voies du capitaine Scheitzer sont impénétrables. Autre possibilité : « cross-country » est le nom de code d'une opération de la DGSE qui a commencé depuis longtemps et qui va se conclure ici dans le bruit et la fureur, et moi, Jérémie Soldatini, je suis la cerise de ce gâteau. Quel genre de cerise suis-je ? De celles qu'on oublie au coin de l'assiette, ou de celles qu'on s'arrache et qu'on dévore en premier ? Les analogies font du bien, parfois autant qu'un verre de rouge qui se marie avec son bout de fromage, elles font du bien mais elles ne règlent rien. Ou alors, oui, est-ce tout simplement un des nouveaux exercices que Renée veut mettre au point pour sa nouvelle liste. Le départ de la course est imminent. Je la rappelle :

— Allô Renée, excuse-moi j'ai oublié de te rappeler ce matin. Tu ne devineras jamais où je suis.

— Toi non plus.

— Pourquoi tu dis ça ?

— Tu le sauras si tu te retournes.

La voilà la troisième histoire : Renée est là, derrière moi, la petite Juliette est à ses côtés, son carquois sur le dos comme un vieux chef indien aux premiers jours de la saison de la chasse.

— Cheffe indienne, précise, avec un poil de reproche dans la voix, Juliette qui lit dans mes pensées.

Elle a lu Simone de Beauvoir durant les dernières vacances scolaires, et en a retenu l'essentiel. Copernic, Galilée, Darwin et Freud avaient raison : l'homme n'est pas le centre du monde, définitivement, la femme non plus, mais ça, ses parents le lui avaient déjà dit. Pour le moment, je m'attends à voir surgir un bison, premier d'un troupeau qui va déferler sur nous. Les collapsologues misent sur l'effondrement, moi je parie sur deux cents bisons lancés à pleine vitesse. Juliette est sur la même longueur d'onde, mais à la différence du reste de l'humanité, elle s'y est préparée. La beauté du geste est à la pointe de ses flèches. Je demande à Renée ce qu'elles font là, comment elles ont su que j'étais ici, elle me fait « chut » en mettant son index devant sa bouche. J'insiste, elle me sourit, de ces sourires qui ouvrent grand les portes du Salon International de l'Espoir sur Terre.

— T'inquiète, j'ai pris nos accréditations.

Le capitaine a remarqué Renée, ça n'a pas l'air de l'inquiéter, l'a-t-il reconnue ? Fait-il semblant ? À quel jeu joue-t-il ? Hermann Bloch, je t'en supplie, viens à mon secours. Cette journée va mal finir.

Un haut-parleur caché dans un arbre crache l'hymne officiel de la Fédération française de course à pied de la police : une version adaptée de « Get Lucky » des Daft Punk et Pharrell Williams. Les concurrents sont maintenant alignés derrière le ruban de départ, un officiel avec écharpe tricolore tient dans ses mains une paire de ciseaux. Le temps s'est dégagé. Les sous-bois aux alentours sont accueillants. L'officiel est le maire du coin, c'est lui qui a reçu le trophée de la ville la mieux fleurie de son département des mains du Comité national, et cette récompense lui a donné des ailes. Il se voit lui aussi un jour Président de quelque chose. Sa femme, plus pragmatique, robe à chevrons, talons hauts, lui met deux cachets dans la bouche, une gorgée d'eau gazeuse fait le reste : il coupe le ruban. Schlac ! Et les soixante-douze concurrents s'élancent pour vingt kilomètres de sueur et d'extase. Autour de nous, ça hurle, ça crie, ça s'agite. Le commissariat de Fabrizzi est aux premières loges, tous espèrent une victoire qui permettra de remplacer la camionnette de service. Charlie ne quitte pas son Jules des yeux.

— S'il gagne, je l'épouse, s'il finit dans le trio de tête, on se pacse.

— Et s'il finit bon dernier ?

Charlie n'a pas examiné cette éventualité.

— On fait un enfant, j'imagine.

— Comme toujours : lot de consolation.

Éric et Philippe Scheitzer sont toujours dans leur bulle, je ne leur en veux pas, je les envie. Le capitaine m'a complètement oublié, l'objet même de ma garde à vue a disparu des ordres du jour, je pourrais ici mettre en œuvre mon projet de fuite, personne ne s'en soucierait, lui le premier. Renée glisse alors sa main dans la mienne, de la seule manière que j'aime, du haut vers le bas, de l'extérieur vers l'intérieur :

— « Mon » projet de fuite, précise-t-elle, douée à son tour de télépathie.

Elle m'entraîne avec elle.

— C'est un de tes nouveaux exercices ?

Elle ne répond pas. Pas à pas, nous nous décollons de la foule des supporters, la rumeur se fait vite decrescendo. Juliette marche deux mètres derrière nous, en soutien et en crabe, exactement comme le lui a appris son maître coréen. Tous nous font dos. Mesdames, messieurs, voici l'évasion la plus facile jamais réalisée au monde ! Car oui, je suis en train de m'évader. C'est une sensation assez jouissive, mélange de terreur et d'excitation. Renée me désigne un chemin de terre qu'on aperçoit en contrebas, je comprends que nous allons passer par là, et que dans dix secondes nous serons hors de vue d'éventuels poursuivants. Mais là, un oiseau crie ; je ne connais pas son nom, mais son chant strident fait penser à un crissement de pneu. Le commandant tourne aussitôt la tête vers nous, et au même moment, mon téléphone sonne, le vibreur a tendance à se déconnecter tout seul, j'ai à peine le temps de voir que c'est mon père qui m'appelle en FaceTime que d'autres têtes se sont tournées vers nous. Le capitaine est le dernier à le faire, il m'interpelle, entre amusement et stupeur :

— Qu'est-ce que vous faites, Soldatini ?

Aucune réponse ne me vient, je pourrais dire : « Je m'évade, capitaine ! Je m'évade ! », mais ça paraît tellement aller de soi que ça ne me vient pas à l'esprit. Le nom de l'oiseau me revient en revanche : un étourneau, le seul oiseau capable d'imiter le cri des autres oiseaux, et les bruits les plus communs comme ce crissement de pneu qui nous a trahis. Renée suggère de nous mettre à courir. Nous dévalons un petit monticule, et rejoignons le chemin de terre prévu. On va se faire rattraper, je ne vois pas d'autres issues. Et là, comment dire, s'improvise alors une compétition parallèle, le cross-country de la mort, j'en suis le fugitif, ou plutôt l'échappé, cela me convient mieux. Je ne sais pas où Renée nous emmène, probablement vers une quelconque ligne d'arrivée, mais je cours, locomotive sans rail, le tchou tchou en moins. Juliette a dégrafé son carquois et, croyez-le si vous voulez, mais avec le plus grand des calmes, elle vise nos cinq poursuivants, arc tendu, pouce au creux de la joue, tire, et fait mouche avec chacune de ses flèches. Sans blesser personne, elle cloue chacun d'entre eux à un arbre, chacun le sien ou presque. Il me revient alors en mémoire les premiers vers du seul poème que j'ai appris par cœur, le célèbre « Bateau ivre » d'Arthur Rimbaud :

« Comme je descendais des Fleuves impassibles,
Je ne me sentis plus guidé par les haleurs :
Des Peaux-Rouges criards les avaient pris
pour cibles,
Les ayant cloués nus aux poteaux de couleurs. »

Comme ces Peaux-Rouges, Juliette a fait glisser chaque flèche entre un vêtement et la peau, avant de la planter profondément dans l'écorce de l'arbre le plus proche – précision et puissance, les deux principales qualités de l'archer. Le capitaine a écopé d'un hêtre magnifique, et ça lui va bien, le commandant Ho-Hinja a opté pour un chêne riquiqui, le brigadier Gaget, un saule pleureur, et les deux derniers ont été crucifiés ensemble à un marronnier farceur, c'est tout bonnement exceptionnel. Avec ces cinq flèches, cinq véritables chefs-d'œuvre, Juliette mérite d'être dans le Livre Guinness des records. Grâce à elle, notre avance est vite considérable.

Après les sous-bois, nous débouchons bientôt dans un champ de tournesol, voilà un détail qui ne manquera pas de finir dans la machine à signes de Scheitzer. Mais pour en faire quoi ? Une nième théorie pour happy few ? L'étourneau, le même ou son cousin, émet le son d'un bateau qui s'apprête à quitter le port, le chant d'une corne de brume, il ne croit pas si bien dire.

29

Un hélicoptère de la gendarmerie survole la forêt, mais à cet endroit, elle est trop touffue pour dévoiler notre présence, et il est trop haut l'imbécile. Nous arrivons aux abords d'une petite route de campagne, nous nous cachons dans la bruyère. Elle est haute en cette saison, s'il faut craindre les vipères, mais nous avons plus à craindre de ceux qui désespèrent. Renée regarde sa montre d'un air un peu trop professionnel :

— Ils ne vont pas tarder.

De qui parle-t-elle ? Elle ne peut pas le dire. Je l'interroge sur ce qui se passe en ce moment. J'ai bien le droit à quelques explications sur ces événements.

— Ce n'est pas le moment. Fais-moi confiance.

Je sors mon téléphone, mon père m'a laissé un message. Je vais pour l'écouter, mais Renée me le déconseille, le risque de bornage est élevé. Je résiste, elle s'empare de mon téléphone, le décarcasse, et en extrait la carte SIM, me le rend.

— Jusqu'à ce qu'on arrive, tu dois m'écouter, ne pas poser de questions, faire ce que je te dis.

— Avant d'arriver où Renée ?

Pas de réponse, sans mon téléphone, me voilà tout à fait orphelin. Juliette me console :

— Tu verras, on se fait très bien à la brume.

— Les familles qu'on se choisit valent largement les autres, les officielles, ajoute Renée.

Je n'ai pas choisi non plus d'être là. Et d'ailleurs, qu'ai-je vraiment choisi jusqu'ici dans mon existence ? J'aurais pu choisir de retourner sa gifle à Nitch, par exemple ; dans ce cas, un autre chemin de vie m'aurait été possible. Un chemin tout différent. À chaque minute de notre existence, à chaque décision que nous prenons, à chaque nouveau virage que notre vie réelle emprunte, nous laissons derrière nous d'autres vies que nous ne vivrons jamais, sinon en les regrettant ou en les rêvant. Et si ces vies existaient vraiment quelque part ? Et si nous n'avions pas une vie, mais mille, empilées comme autant de strates d'une « existence totale » ? Et si nous avions enfin accès à ces vies non vécues ? Patrouiller dans ces vies comme sur d'autres planètes serait une entreprise inédite. Car il ne s'agit pas ici « simplement » de voyager dans le temps, mais dans un continuum beaucoup plus vertigineux et autrement plus bouleversant. On oppose souvent remords et regrets, mais ils sont siamois, ils interrogent la culpabilité et le prix à payer pour se (faire) pardonner. Remords d'avoir vécu un événement traumatique qu'on voudrait effacer de notre mémoire, regret de n'avoir pas saisi telle autre opportunité : cet amour qu'on a laissé s'éloigner par manque de courage, ce talent qu'on a laissé flétrir, ces réconciliations qu'on n'a pas su provoquer, cette colère qu'on a, ce jour-là, laissée éclater, cette rancœur qu'on a gardée trop longtemps pour soi, cet accident évité de peu, cette maladie mal soignée, ces rencontres qui ne tiennent qu'à un fil, toutes ces erreurs d'aiguillage dont on ne saura jamais si elles en étaient vraiment, à moins d'aller vérifier sur place. Car ces vies parallèles sont peuplées des mêmes personnes, nos doubles, c'est leur mouvement, leur interaction, leur appréhension du monde qui sont modifiés, et qui engendrent une altérité protéiforme. Qu'aurions-nous à apprendre de cette exploration, pourrait-elle nous aider à rendre meilleure notre vie réelle ? Pourrions-nous enfin accéder à ce fantasme universellement partagé : reprendre tout à zéro ? La question centrale est donc la suivante : que serions-nous devenus si… ? Et moi, que serais-je devenu si j'avais eu le courage de répliquer à Nitch, de lui rendre aussitôt sa gifle ? Une coccinelle se pose sur ma main.

Est-ce la réponse à ma question ? Je compte ses pois noirs : sept, comme les sept parts de la tarte au citron d'Annette. Si j'avais rendu sa gifle à Nitch, je n'aurais pas fait passer d'annonce, et Annette ne m'aurait pas répondu. Annette ? Pourquoi ce prénom, maintenant ? Mon poing dans la gueule, voilà la bonne réponse, la réponse que mon père aurait donnée à Nitch, c'est sûr. De quelle flèche parlait-il dans son épitaphe ? De quelle cible ? Que voulait dire mon père dans ce message téléphonique que je n'écouterai jamais ? Un bruit de moteur se rapproche. Renée réveille Juliette qui s'était endormie, le souvenir de son exploit fait trembler ses pupilles sous ses paupières.

— Les voilà ! Les voilà !

Un 4×4 SUV aux vitres fumées ralentit à notre hauteur. Un appel de phare : un long, deux courts, un long, deux courts.

— C'est bien eux. Allons-y !

Nous quittons la bruyère au moment où une vipère pointe son nez. La coccinelle ne décolle pas de ma main. Les portes arrière et coulissantes du 4×4 s'ouvrent, nous nous engouffrons dans le véhicule. La voix d'Hervé Dejaembe me cueille aussitôt :

— Alors, monsieur Soldatini, on oublie ses vieux amis ?

La voix de Myrtille Poisson prend le relais.

— L'ingratitude accélère le vieillissement, mais visiblement, tout le monde n'est pas au courant, sinon il n'y aurait plus que des vieux sur terre, n'est-ce pas Jérémie ?

Myrtille Poisson est au volant, elle appuie sur le champignon. La route de campagne enchaîne deux courbes parfaites, puis une boucle, dessinant, vu du ciel, un acronyme : C.O.Q., qui va bien avec la bruyère. Le baron se retourne vers nous, il n'a pas perdu un gramme.

— Notre plan a marché au petit poil, on dirait.

— Juliette a fait un sans-faute. Sans elle…

— Merci à Rimbaud, surtout, l'inspirateur en chef : « Des Peaux-Rouges criards les avaient pris pour cibles, les ayant cloués nus aux poteaux de couleurs… »

Et je retrouve son rire, le rire du baron si bon à entendre. Il justifie à lui seul toutes ces questions sans réponses. Avec lui, vivre l'incertitude est apaisant. Il allume la radio : un peu de Satie pour goûter aux transparences du ciel dans les hauts feuillages des arbres.

— J'ai fait fructifier votre PEL, vous voyez.

— Et grâce à vous, nous nous sommes retrouvés, ajoute Myrtille.

Myrtille Poisson pose sa main sur le genou du baron. Ma coccinelle change de main, puis s'envole et disparaît dans le cockpit.

— Grâce à vous, monsieur Soldatini, et à votre pratique si personnelle de l'amour, Hervé et moi avons décidé de nous donner une seconde chance, la chance de vivre cette fameuse vie non vécue que la plupart laissent sur le bord de la route.

Le bruit de l'hélicoptère à nouveau. Le baron est moins frontal que Myrtille, il cherche le bon angle, et trouve la bonne métaphore :

— Après un tremblement de terre, on fait le décompte des failles, on sait que jamais on ne pourra les combler, à moins d'attendre plusieurs millions d'années, je n'aurais pas la patience, qui l'aurait ? Vous, Renée ? Vous, monsieur Soldatini ? À défaut de combler, on peut contourner, ou mieux : construire des ponts et, petit à petit, la géographie des lieux change, une autre, qui n'est pas tout à fait une autre, prend sa place… Si vous voyez ce que je veux dire, monsieur Soldatini.

Renée raccroche les wagons, elle est sensible à ce genre de développement. Ces deux-là sont faits pour s'entendre, je le savais. Le baron poursuit :

— Myrtille et moi avons regardé ce nouveau paysage dans son miroir. Nous ne l'avons pas reconnu tout de suite, mais nous l'avons accepté comme il est. J'ai été clair ?

— Plus clair, ça ne se peut pas, Hervé, conclut Myrtille.

— Et vous avez recommencé à baiser ? demande Renée. C'est ce qui compte, non ?

Myrtille attrape une départementale, puis une nationale, enfin l'autoroute. Sur un panneau, je peux lire « Toulon ». Nous filons vers le Sud.

Revenons plutôt à mon PEL.

— La dernière fois que je vous ai vu, Dejaembe, vous infiltriez une réunion d'anciens élèves réunis à *La Fourmi*.

— C'est bien ça, Soldatini.

Puis, j'ai eu l'altercation avec Myrtille, le Dai Lung a fait son apparition, je me suis enfui, me suis endormi… Black-out ?

— Que s'est-il passé entre-temps, et puis après ? Vous avez tous les deux disparu des radars ? Vous êtes au courant que j'ai été arrêté, qu'on m'a suspecté du meurtre de Nitch, jusqu'à cette deuxième garde à vue, pour le moins étrange. Vous avez suivi toute l'histoire bien sûr.

Le baron se tourne vers moi et me tend quelques feuillets dactylographiés.

— J'ai tout mis dans ce rapport, quand vous l'aurez lu, je vous montrerai une petite vidéo que j'ai pu récupérer grâce à mes très bonnes relations avec un des gérants de la société de vidéosurveillance qui équipe nos rues depuis trois ans. J'ai fait trois ans de volley-ball avec lui, au temps où j'étais svelte et élancé.

— Je confirme, pour les deux adjectifs, dit Myrtille.

— On a terminé deux fois en finale, on n'était pas des branques à l'époque.

— Je confirme aussi.

Nous ne sommes plus qu'à cinquante-deux kilomètres de Toulon. Une petite grêle, très brève, puis le soleil à nouveau, comme la signature d'une renaissance prochaine. Je prends les feuillets qu'il me tend.

Rapport d'Hervé Dejaembe
Dossier Soldatini
1re partie

Jour 1

18 h 17 : j'arrive au café *La Fourmi*, mon stratagème est simple : infiltrer une réunion d'anciens élèves de lycée pour établir un contact du type « amical » avec le dénommé Leroux Guillaume, alias Nitch. Objectif : déterminer pourquoi mon client a été giflé, et quelle était la vraie motivation de cette gifle.

18 h 30 : je me fais passer pour un certain Daniel, la mémoire jouant des tours même aux plus brillants, tous font mine de me reconnaître, histoire de ne pas passer pour un « naze ». J'invente deux ou trois souvenirs de classe basiques, tout le monde tombe dans le panneau : je deviens ce bon vieux Daniel que tout le monde aimait bien, je précise qu'à l'époque je n'étais pas gros. Évidemment.

18 h 55 : je décide de laisser venir Nitch à moi. Je sympathise avec deux autres « camarades de classe ». Mon obésité bonhomme, et surtout ma pratique de l'autodérision, mettent tout le monde à l'aise, un gros qui se moque des gros, tout le monde veut être ami avec lui. Je fais le show. Pas compliqué, j'ai affaire à des petits bras de l'humour potache, de l'humour tout court.

19 h 15 : Nitch vient au contact, il s'ennuie avec les autres, et a bien vu qu'avec moi, ça rigole. Je le fais parler. Il est comme indiqué par le client : arrogant, imbu de lui-même, sûr de son charme, de la graine de dictateur. Je le flatte, juste ce qu'il faut. Il se méfie un peu, mais le plaisir est trop fort, il se laisse aller. Cet homme est travaillé par une libido détraquée. Son besoin de séduire semble inversement proportionnel à une tendance autodestructrice refoulée. Cela aurait fait de lui un excellent candidat à la DGSE, et à toute autre institution qui érige le secret comme valeur transversale. En d'autres termes, et ceci pour les spécialistes : Nitch n'est en rien nietzschéen.

20 h 10 : j'évoque un ami qui s'est fait gifler par un inconnu. Je viens à cette histoire le plus naturellement du monde, faisant converger la conversation en lui faisant croire que c'est lui qui a amené le sujet en question – c'est une technique assez proche de celle des « images sublimables » qu'on intercale dans

un film pour manipuler les émotions du spectateur, ici les images sont des mots, mots subliminaux ; le Dr Ahmad Douglas a mis au point cette technique en 1994, son livre *Have not or have* n'a pas été publié en France. Nitch aime trop se vanter, c'est son talon d'Achille. Son deuxième prénom est d'ailleurs Achille, je lui dis que le mien est Hector, il connaît son Homère sur le bout des doigts, cela scelle notre complicité le temps de l'atterrissage.

21 h 45 : je fais mine que je dois partir, Nitch me retient, il veut me montrer quelque chose. On se met à part, il ouvre son téléphone, et me montre des dizaines et des dizaines de photos de gens giflés. Cette série de baffes le met en joie. Pourquoi a-t-il fait ça ? Il ne veut pas le dire. Une de ses victimes s'est-elle rebellée contre lui ? Aucune. Il éclate de rire. « Tous des lâches ! »

23 h 00 : je quitte le café *La Fourmi*.

23 h 30 : je rentre chez moi, Nitch m'appelle, comment a-t-il eu mon numéro ? Ses contacts à la DGSI. Il m'a repéré, je ne suis pas Daniel. Qu'est-ce que je suis venu fouiner ce soir ? Je raccroche. Il me laisse une bonne dizaine de SMS d'insultes, variation peu inspirée sur le thème : « Tu cherches quoi connard ? »

30

Nous arrivons aux environs de Toulon. Juliette s'est endormie, la tête sur les genoux de Renée. Nous suivons la direction du port, entrelacement de petites rues joyeuses qui sentent le départ en vacances. La lecture des deux premiers feuillets du rapport de Dejaembe ne m'apprend pas grand-chose, sinon que Nitch cachait quelque chose, et que sa série de gifles était sans doute un leurre. Une manipulation, mais dans quel but ? J'interroge Dejaembe, il n'en sait pas plus, ou ne veut pas en dire plus pour l'instant. Je demande où nous allons.

— Nous allons prendre un bateau.

— J'avais compris. Pour aller où ? Nous quittons le pays ?

— Je préfère ne pas vous le dire.

— Je suis en danger, c'est ça ?

— Je ne peux pas vous dire le contraire, nous agissons dans votre intérêt, vous nous avez payés pour ça ?

— Pourquoi suis-je en danger ?

Myrtille Poisson hausse le ton, et me dit de me la fermer.

— Le client est roi mais il y a des limites.

Mon père pensait exactement la même chose.

— Tout a ses limites, monsieur Soldatini. Même l'univers qui prétend le contraire.

Je note le petit haussement d'épaule de Dejaembe, il approuve Myrtille, et mon père. A-t-il promis à Myrtille Poisson de faire un régime et de retrouver sa silhouette d'avant la grande douleur ? Lui a-t-il vendu le remake de leur grand amour passé ? L'a-t-il informée d'un nouveau texte de loi qui décrète que l'impossible est désormais possible ? Une autre idée me vient, d'une logique à couper le souffle. Pourquoi n'y ai-je pas pensé plus tôt ?

— Êtes-vous en train d'écrire un roman à quatre mains ? Un roman dont je serais un des personnages ? Ça se tient, non ? Et ça rentre dans vos cordes ? Tout ceci est donc une fiction ?

Myrtille et le baron éclatent de rire.

— Dans ce cas, qui est le commanditaire ?

Renée qui s'était assoupie se réveille en sursaut.

— Qu'est-ce qui se passe ?

— Votre ami fait de l'humour. Si on peut appeler ça de l'humour…

— Appelons ça plutôt « persiflage »

— Le commanditaire est Éric Scheitzer, c'est ça ?

— Vous brûlez.

— Il brûle.

— Un capitaine de police qui se reconvertit dans le page-turner ça s'est déjà vu.

— Qu'est-ce qui ne s'est pas « déjà vu » ?

— Ma vie, depuis trois semaines.

Le baron va pour enchaîner avec un de ses raisonnements que j'affectionne tant, mais c'est Myrtille qui s'y colle, par pur mimétisme.

— Vous avez de l'imagination monsieur Soldatini, vous pourriez le lui proposer à ce M. Scheitzer. Je peux même vous souffler un titre : « La métempsychose des gestes. » Dans ce cas, faisons demi-tour, et rendez-vous aux autorités, vous pensez vraiment que nous faisons tout ça juste pour notre plaisir ? Oui, vous êtes en danger. Vous ne vous êtes pas senti oppressé ces derniers temps, une curieuse nausée mêlant parano et culpabilité ne vous a pas saisi au niveau de l'estomac ? Une sorte de nœud gordien ? Nous sommes là pour trancher. Sans nous, vous pourriez bien terminer vos jours en prison.

Le baron soupire, ou s'assoupit, ou les deux.

— Trancher dans le lard disait mon grand frère boucher. C'est une des fonctionnalités du PEL peu utilisée.

Le baron me tend deux autres feuillets.

— Voici la suite.

Rapport d'Hervé Dejaembe
Dossier Soldatini
2e partie

Jour 2

6 h 54 : d'autres sources me confirment le meurtre de Nitch. J'apprends qu'il a été tué par une arme très spéciale, et peu utilisée, car peu efficace si ce n'est à bout portant : le Dai Lung. Une seule personne de ma connaissance est en possession de cette arme : Myrtille Poisson.

7 h 10 : je vomis, je note ce détail intime dans ce rapport, car la suite dépend essentiellement de cette réaction physiologique. Myrtille Poisson était ma femme. Nos rapports se sont normalisés depuis, mais la réparation fut très douloureuse. La question se pose : dois-je appeler Myrtille ?

9 h 00 : je contacte Yves, le barman de *L'Églantier rieur* pour qu'il me mette en contact avec son frère qui dirige une importante société de vidéosurveillance.

Yves fait le go-between sans rechigner. Yves me doit beaucoup. Je l'ai sauvé par deux fois du marasme, économique la première fois, affectif la deuxième. Yves a un problème avec son image. J'ai prévu de lui écrire un petit roman en deux tomes[1] qu'il signera de son nom. Le but étant de secouer son arbre généalogique pour en faire tomber quelques beaux fruits.

9 h 15 : Myrtille m'appelle. Elle essaie de me tirer les vers du nez, elle paraît bouleversée mais ne veut pas dire par quoi, l'est-elle vraiment ou joue-t-elle la comédie ? Je coche la deuxième solution même si je pense le contraire. C'est un reste de passion amoureuse qui m'induit en erreur. La colère est mauvaise conseillère. L'amour, c'est pire encore ; être amoureux, disait François Truffaut, c'est agir contre son intérêt.

14 h 45 : je suis dans le bureau du frère d'Yves, son nom doit rester secret, bien que nous nous connaissions depuis longtemps. Il accepte de me faire visionner les bandes vidéo qui correspondent aux heures qui ont précédé et suivi notre petite réunion d'anciens élèves au café *La Fourmi*. La police n'a pas encore fait appel à lui, ça ne saurait tarder. Il a un contentieux avec le commandant Ho-Hinja, et prend un malin plaisir à lui mettre des bâtons dans les roues, c'est ma chance.

1. « Pomme » et « Z ».

16 h 23 : je commence à visionner les bandes qui correspondent aux quatre caméras qui quadrillent le quartier en question.

22 h 02 : j'appelle Myrtille Poisson qui me confirme qu'elle a bien égaré son arme. Elle me propose de boire un verre.

Jour 3

09 h 47 : la police cherche à me joindre.

Jour 6

11 h 00 : il y a foule sentimentale au Père Lachaise. Au moins trois cents personnes sont entassées dans la chapelle. Population homogène. Des artistes en pagaille, quelques officiels du ministère des Arts plastiques, peu d'enfants, un unijambiste. Certains plaisantent, comme si ce mode de recueillement après la mort d'un proche était non seulement permis, mais recommandé. La légèreté est une gravité, entends-je dire derrière moi. Chacun a une fleur à la main. Un grand barbu qui porte une chemise à damier pique un fou rire, et comprend vite qu'il a dépassé les bornes. Il est paraît-il très connu, c'est un voisin qui

me l'apprend, pour ses compositions géantes à base d'excréments d'animaux de la savane.

11 h 15 : commencent les discours de condoléances. Une grande photographie de Guillaume Leroux a été placée au bas de l'autel. Il correspond bien à la description faite par mon client : la moustache à l'impériale donne à son visage, par ailleurs d'une grande mollesse, sa vraie personnalité. Une femme aux cheveux gris vante la carrière de Guillaume Leroux, elle insiste à plusieurs reprises sur la modernité de ses choix artistiques, soulignant « quelque chose d'une vision ». Elle retient un sanglot, remonte une mèche, quand elle évoque la première fois où son travail a été remarqué par Guillaume Leroux, elle compare ça à un coup de foudre. Je perçois dans l'assemblée quelques sourires moqueurs.

11 h 30 : s'enchaînent plusieurs interventions avec lecture de poèmes, citations de grands auteurs, borborygmes, un peu de musique classique, un peu d'hébreu, une chanson de Souchon « Foule sentimentale ».

11 h 35 : j'aperçois se tenant à l'écart deux policiers dont l'identité me revient assez vite : ce sont les fameux Scheitzer et Fabrizzi de la PJ parisienne. Je m'arrange pour ne pas être dans la direction de leur regard.

11 h 45 : un jeune homme, visiblement pas prévu dans la liste des intervenants, prend la parole, rapidement ses propos virent à l'outrage : Guillaume Leroux a brisé sa carrière, étouffé son talent dans l'œuf, il revendique haut et fort son assassinat qu'il nomme « seule œuvre d'art digne de ce nom ». Deux personnes du service d'ordre le conduisent à l'extérieur. Il se débat, s'évanouit. On le réanime, les derniers mots qu'il profère sont « contre l'art pour l'art ». Il y a des applaudissements. Le jeune homme sera très vite mis hors de cause, son intervention intempestive pendant les funérailles de Nitch étant à ranger dans les « installations éphémères » qui lui vaudront quelque temps plus tard un article élogieux dans *Sphères* dont Guillaume Leroux était lui-même parfois contributeur sous le pseudo de « Nitch ».

11 h 55 : deux jeunes filles se lancent dans un cantique, le *Magnificat*, deux vers retiennent mon attention, et me font penser immédiatement à mon client :

Il a renversé les puissants de leurs trônes et élevé les humbles.

Il a comblé de bien les affamés et renvoyé les riches les mains vides.

12 h 10 : les policiers ont commencé à interroger les gens qui sortent de la chapelle, j'applique la

résolution « *Leave & Vanish*[1] », conformément aux consignes qui régissent notre profession. La résolution « *Leave & Vanish* » est inspirée principalement de l'étude de la psychologie des caméléons par le Dr Trotman dans son ouvrage paru en 1987 : *A chameleon is not several*[2].

1. « Laisser et disparaître ».
2. « Un caméléon n'est pas plusieurs ».

31

Le paquebot immense arrimé au quai n° 1 du port de Toulon depuis maintenant une heure se nomme le « Hermann Bloch », ce n'est pas une hallucination, ce nom est bien écrit en lettres blanches sur les flancs du bateau, et tout le monde peut le lire comme moi : « Hermann Bloch ». La destination du paquebot annoncée est « Tanger ». L'embarquement des passagers a commencé depuis dix minutes. Qu'un obscur auteur argentin se retrouve ainsi consacré sur la coque d'un pareil vaisseau paraît totalement aberrant. Seule explication possible : ils sont deux homonymes, deux « Hermann Bloch », le mien et puis l'autre, celui du paquebot : un homme important celui-là, héros de guerre, homme d'État ou pur génie, vénéré de tous mais inconnu de moi. Mon « Hermann Bloch » n'est rien de tout ça, il a écrit un peu de philosophie analytique, et un minuscule roman au titre énigmatique. Qu'il ait donné son nom à une impasse dans une sombre banlieue de Buenos Aires passe encore, mais pas à ce majestueux bâtiment qui brille de mille feux dans la baie de Toulon. Les riverains descendent chaque soir de chez eux, il paraît, pour admirer le spectacle des bateaux en partance, c'est leur manière à eux, de voyager très loin pour rien, la seule enviable sans doute. Je les envie.

Mais au fait : que raconte le roman d'Hermann Bloch ? Pourquoi ne me suis-je jamais intéressé à ce versant des choses ? Terrible négligence ou coup tordu de mon inconscient ? J'allume mon smartphone, il me reste peu de batterie, je tape le nom de « Hermann Bloch », puis j'explore l'arrière-cuisine de Google, puis de ses concurrents : pas de trace de lui. Je tape le titre de son roman, rien non plus. Au même moment, le 4×4 à la suite d'autres véhicules emprunte la rampe de départ. Myrtille Poisson est à la manœuvre. Des employés la guident, elle leur sourit, ils imaginent bien plus. Je me penche, Myrtille conduit avec ses chaussures aiguës, cette femme est incorrigible. J'accède alors à un moteur de recherche tout nouveau. Je tape le nom du livre, et je tombe sur sa couverture, il existe bien. Mais quand je vais pour accéder à la quatrième de couverture qui m'en dirait plus sur son contenu, mon téléphone tombe en rade.

— Nous ne sommes pas à Toulon pour rien, aurait dit mon père quand sa voiture est tombée en rade à l'entrée de Toulon.

Ce jour-là, ma mère avait souri, je crois me souvenir. Je crois qu'ensuite elle a souri de moins en moins aux plaisanteries de Papa, par lassitude sans doute, comme nous tous, mais je pense aujourd'hui que quelque chose de plus coriace que l'humour facile de Papa la rongeait : un mal de vivre doublé d'une impossibilité à digérer sa jalousie, qui l'a conduite, un jour, à lâcher la rampe. Elle s'est suicidée, c'est juste, mais ça ne fait pas très longtemps que je peux dire le mot. Dire le mot, disait un psychologue amérindien, c'est sortir du deuil, c'est la fin du déni, l'espoir d'avoir enfin le courage de jeter aux orties cette fichue tristesse qu'on chérit tant. Plutôt seul que triste, plutôt libre que seul, plutôt mort que libre.

Le 4×4 est sur le point de pénétrer le ventre de l'« Hermann Bloch » comme Jonas celui de la baleine. Renée appelle les parents de Juliette pour les rassurer, selon leurs accords, elle aurait dû la ramener chez elle le week-end dernier. Elle trouve une excuse qui tient la route.

— C'est un petit séjour de quelques jours à peine. Juliette rêve de visiter la ville de sa nounou. Sa nounou marocaine est bien originaire de Tanger ?

Juliette n'a jamais eu de nounou marocaine. C'est sa mère qui s'est occupée d'elle et de ses frères. Quant au Maroc, elle n'en connaît que le couscous que son père rapportait parfois après la messe du dimanche. Ce petit mensonge idiot sur cette nounou prétendument marocaine a l'air de contrarier Juliette. Le ventre de la baleine est très sombre, et empeste les vapeurs d'essence et de gasoil. Les voitures sont rangées comme dans une vitrine Matchbox, à droite, à gauche, au-dessus, en dessous. Jonas, je pense, avait d'autres soucis.

Nous nous retrouvons tous sur le pont supérieur. Je me rapproche de Dejaembe accoudé à la rambarde. Le jour est tombé, les étoiles allument le ciel. Nous pourrions débattre de nos connaissances astrales, mais il est temps de régler quelques comptes, je prends un ton faussement badin.

— C'est vous qui avez repris mes créneaux horaires chez mon analyste, n'est-ce pas ?

Abus d'allitération, je sais, le baron me sert sa moue de matou mâtinée d'expectative.

— Vous pouvez développer, ça m'intéresse. J'adore être dans la position de celui qu'on cherche à culpabiliser, en général, ça paralyse, moi, ça me galvanise. Carburant hautement inflammable. De quoi m'accusez-vous au juste ?

Ce n'est pas facile pour moi, mais je lui raconte comment mon psychanalyste m'a viré comme un malpropre, pour filer mes deux créneaux horaires à une personne qualifiée par lui-même de « très proche » mais dont il ne m'a pas donné l'identité.

— C'est embêtant. Et même assez blessant.

Le baron a des choses à en dire :

— Premièrement, je suis sincèrement très touché que vous me considériez comme une personne « très proche ». Deuxièmement, si j'avais besoin d'entreprendre une analyse, je n'irais pas chez un jungien, j'ai du mal avec les félons, et c'est bien connu des exégètes, Jung le fils préféré de Freud s'est éloigné de son père spirituel pour de minables raisons purement narcissiques. Troisièmement, j'ai déjà un très bon analyste à la maison, et celui-ci ne me coûte rien, il s'appelle Hervé Dejaembe, dit le baron, et son embonpoint persistant est la meilleure des qualifications. Et quatrièmement, je sais il y a rarement de quatrièmement – la faute à Science Po ? –, quatrièmement, je connais personnellement votre analyste puisque c'est « mon frère ».

Pas de défibrillateur aux alentours, je vais m'évanouir, mais le baron éclate de son rire libérateur.

— Vous êtes vraiment prêt à croire n'importe quoi ! Mon grand frère, il avait quatorze ans de plus que moi, est mort de sa belle mort, en préparant une araignée pour une bonne cliente. Il tenait une boucherie dans le Perche. L'araignée, c'est la pièce du boucher, celle qu'il gardait pour lui, ou justement, ses bonnes clientes.

Qui donc a pris mes créneaux horaires ?

— S'il vous reste un peu de votre PEL, je veux bien m'occuper de cette affaire. Votre jungien a pour projet d'écrire un livre sur ce « très proche », c'est bien cela ?

— J'ai cru comprendre. Une somme.

— Quelques coups de fil à deux trois collègues suffiront pour savoir qui est cette personne « très proche ». Je vous le fais gratos, ça vous va ? Mais vous vous excusez pour tout le mal que vous avez pensé de moi.

— Si ce n'est pas vous, c'est qui ?

J'ai rêvé l'autre nuit, c'est plausible, que ma mère était revenue parmi nous pour faire une cure jungienne, afin de mettre au clair certaines petites incongruités de sa vie. Je n'ai pas su non plus ce que mon père voulait m'annoncer dans ce message qui a disparu avec mon téléphone, il voulait sans doute me dire que « tout ça » n'était pas sa faute. Quel courage Papa !

Mais soudain, vent de panique, Renée a perdu Juliette de vue, elle court dans tous les sens sur le pont supérieur, demande aux uns aux autres, une petite fille avec un arc et des flèches, ça ne peut pas passer inaperçue. La corne de brume annonce le départ du paquebot. C'est Poisson qui la voit en premier : Juliette est retournée à quai, elle a sorti son arc, et tranquillement vise la corne de brume qui inlassablement hurle son envie de traverser fissa la Méditerranée. Comme à son habitude, aucune précipitation, Juliette tend son arc, son pouce vient s'aligner avec le coin de sa bouche. Renée nous a rejoints, elle agite les bras, mais rien de tout ça ne déconcentre Juliette, le bruit de son souffle ralentit par paliers, elle lâche sa flèche qui vole, fuse, siffle et fait taire le haut-parleur de marque chinoise qui imitait impunément les cornes de brume. Cette flèche fera la traversée avec nous. Juliette ne prendra pas la peine de nous dire adieu. On ne saura jamais pourquoi elle a décidé ce jour-là de bifurquer vers une autre vie. Le baron a sa petite idée : Juliette est un oiseau, c'est le vent qui la porte.

Le « Hermann Bloch » quitte le port de Toulon à l'heure prévue. Juliette est là, immobile sur le quai, il n'y a bientôt plus qu'elle, personne ne s'inquiète qu'une petite fille avec carquois soit seule à cette heure sur les docks, je ne m'inquiète pas non plus, Juliette n'est pas une petite fille comme les autres, c'est une force de la nature, elle a son destin tout tracé en tête, les adultes, elle en fera son affaire. C'est un point à l'horizon maintenant. Renée, elle, est inconsolable, elle pensait qu'elle et Juliette, c'était pour la vie. Comme une mère avec sa fille.

— Ta conception de la vie est obsolète Renée.

— Une voyante m'a prédit, il y a très longtemps, que celui qui traiterait d'obsolète ma conception de vie serait l'homme de ma vie.

— Enfin une voyante cupide.

Le baron a réservé deux cabines situées côte à côte. Une pour eux, une pour nous. La mer est calme. Les lumières de Toulon se confondent vite avec les étoiles.

— La traversée s'annonce idyllique.

Quand je suis né, c'est exactement ce que la sage-femme a dit à ma mère à mon sujet.

32

Je n'ai pas réussi à consoler Renée. Elle a fini quand même par admettre que son entreprise avec Juliette était malgré tout largement déficitaire. Je lui explique que l'originalité n'est pas forcément une fin en soi, elle est au mieux une épice, il faut savoir s'en servir avec doigté. Renée va devoir revoir à la baisse ses ambitions en ce domaine, elle en est d'accord. Elle a fini par me lister les prochains exercices qu'elle compte mettre en œuvre quand nous serons installés au Maroc. Hervé Dejaembe est toujours partant pour l'aider à écrire son manuel pour remonter la pente. Je pose un baiser sur ses lèvres, baiser qui a l'effet inverse de celui du Prince Charmant sur la bouche de Blanche Neige. Ce couple reste un modèle pour moi depuis que je suis tout petit, même si par la suite Pat m'a rabâché qu'il a été beaucoup attaqué par les pionnières d'un féminisme plus radical.

Il est tard, je sens à peine les mouvements du bateau, je décide de sortir sur le pont. J'y fais quelques pas, la mer est d'huile, et la lune pleine, le bruit des moteurs émet un vague ronronnement. Un petit vent frais glisse vers le creux de mes oreilles. Pour la première fois depuis le début de cette aventure, je me sens apaisé. Hervé Dejaembe me rejoint.

— Myrtille dort. Nous avons été obligés de faire l'amour, elle a réussi à coupler son point G avec mon hypothalamus. Cette femme est un ciel. Et moi, je suis son arc-en-ciel. J'aime à le croire en tout cas.

Il me tend son téléphone :

— Regardez ça, on en parle après.

Le « ça » est un extrait des bandes de vidéosurveillance visionnées par le baron, elles couvrent la soirée de sa réunion avec les anciens camarades de classe de Nitch. L'extrait traite de la fin de la soirée. J'approche l'écran de mes yeux, une silhouette ne tarde pas à entrer dans le champ, la silhouette rejoint un homme allongé sur un banc, fouille dans ses poches, et repart. Un peu plus loin sur la bande, la même silhouette réapparaît, et retrouve l'homme qui est maintenant couché sur un banc, et là, la silhouette remet un objet dans les poches de l'homme endormi. Cet homme, évidemment, c'est moi. Le film s'arrête sur cette image.

— Alors, vous avez reconnu cette silhouette ?
— C'est une silhouette féminine.
— Mais encore ?
— J'ai l'impression de connaître cette femme.
— Moi aussi, je n'en étais pas sûr, j'attendais votre confirmation.
— C'est Annette Scheitzer ?
— Oui. La belle-sœur du capitaine Scheitzer.
— Vous pensez que c'est elle qui a tué Nitch ?
— Le capitaine en est sûr en tout cas, et c'est quand il en a eu la certitude qu'il vous a mis en garde à vue.
— Mais pourquoi m'avoir emmené à ce cross country ?
— Il misait sur une évasion ratée pour consolider le dossier d'accusation contre vous.
— Il voulait me coller le meurtre de Nitch sur le dos ?
— Ça m'en a tout l'air.

Le baron m'explique qu'Annette Scheitzer a tué Nitch à cause de cette gifle, la numéro « cent » donnée à son mari, qu'elle a réussi à effacer du compte Instagram de « Victor Tage ».

— Certaines causes doivent rester dans l'ombre, comme des vampires qui craignent de disparaître avec la lumière, pour que certains effets puissent se croire seuls au monde. Vous l'aviez convaincue, je crois, que cette gifle a provoqué la mort de son mari.

— Comment savez-vous ça ?

— J'ai mes sources. Votre théorie sur la métempsychose des gestes l'avait, paraît-il, beaucoup perturbée, au point qu'elle a associé son propre geste meurtrier à un autre geste plus ancien.

— Lequel ?

— Un réflexe de classe sans aucun doute lié à la vieille scission des deux gauches, la queue de la comète de feu la bonne vieille dictature du prolétariat, en quelque sorte. Même si je la trouve très séduisante, je ne pense pas que votre théorie pourrait avoir un quelconque effet positif sur des jurés d'assises, mais Annette Scheitzer ne se sent pas responsable de la mort de Nitch, elle pense qu'elle n'est que le véhicule du geste meurtrier en question. Je suis d'accord avec elle. Et le capitaine n'est pas loin de le penser, lui aussi a été sensible à votre théorie.

— Vous m'avez donc exfiltré ?

— C'est le mot. Vous pouvez vous flatter d'avoir un PEL si gras Soldatini ! Tout vous accusait, et en plus, le capitaine avait la conviction que vous aviez compris pour l'affaire de son grand frère. Cette histoire d'un black-out qui vous aurait fait commettre le meurtre sans vous en souvenir ne tenait évidemment pas la route vous concernant. Votre complicité avec un ministre l'inquiétait beaucoup. Il avait peur de vous, Scheitzer, il voulait vous neutraliser.

Vous êtes à l'abri maintenant, le Maroc n'extrade pas les éditorialistes politiques, parfois il les coupe en rondelles, mais il ne les extrade pas.

— Et Nitch ?

— Tout commissaire d'exposition qu'il était, Nitch se vivait avant tout comme un artiste avec un grand A, il voulait avec ces cent gifles entrer dans la carrière, composer une œuvre vivante, inédite, sorte de happening, *work-in-progress*... Distribuer les gifles comme des coups de pinceaux, ode au geste pur, et enfin mériter les dithyrambes de la revue *Sphères*, chacun des giflés étant une couleur vous l'avez compris. Mais le tableau final quel est-il ? Quel message délivre-t-il ?

Une étoile filante, deux étoiles filantes. La troisième fait sa timide, les étoiles filantes vont par trois, comme les trois branches du chandelier. La troisième ne viendra pas ce soir.

— Hermann Bloch disait... « Connaissez-vous les trois plus grandes questions philosophiques ? La première : "Qui suis-je ?" et... les deux autres, je ne m'en souviens plus. »

33

Dans les tréfonds d'Internet, là où réside la communauté des anonymes qui ont trouvé là leur terre promise, nous trouverons un jour ce récit, sans titre, sans date, ni signature bien sûr.

Qui se souvient du Père Philippe Scheitzer aujourd'hui ? Cet ancien aumônier condamné pour le meurtre de sa compagne, Cassandre O'Reilly-Kent. Le Père Scheitzer avait avoué le crime sans qu'aucune preuve ne l'accuse formellement. Deux psychologues assermentés avaient alors développé la théorie du black-out pour appuyer la plaidoirie accusatrice du procureur Raymondu. Certaines dispositions psychiques extrêmes peuvent provoquer un black-out, c'est une forme de somnambulisme, ou de dissociation intégrale, qui expliquerait qu'on puisse passer à l'acte puis effacer de sa mémoire ce passage à l'acte, mais aussi en effacer toutes les traces. C'est rare, mais il y a des cas. Le jury, mais surtout le désir puissant du Père Scheitzer de trouver punition à sa mesure valida cette hypothèse. Le Père Scheitzer est décédé il y a trois ans maintenant. Un petit livre publié à compte d'auteur et sorti la semaine dernière nous donne enfin la vérité sur cette affaire. Il a été écrit par un certain Hector Khemps sous forme d'autofiction, et il raconte une tout autre version des faits. On reconnaîtra sous la plume de l'auteur le style du baron Dejaembe, célèbre « plume littéraire » qui, selon nos informations, a écrit ce livre pour le compte du frère de Philippe Scheitzer, l'ancien capitaine de police Éric Scheitzer devenu par la suite magicien ventriloque, et qui monta un numéro de cabaret avec sa femme Annette Scheitzer, numéro qui fit les beaux jours de You Tube et des scènes alternatives. Que nous raconte Hector Khemps dans son livre ? En deux mots : il avoue. En dix courts chapitres, il avoue que c'est lui qui a assassiné Cassandre O'Reilly-Kent, il en développe en chapitre 7 la raison : délivrer son frère de son conflit intérieur, pris entre passion destructrice et valeurs religieuses. Pourquoi ne s'est-il pas dénoncé à l'époque des faits, et pourquoi a-t-il laissé son frère s'accuser d'un crime qu'il n'avait pas commis. Il l'explique en chapitre 5, la raison en est un pacte scellé entre eux quand ils étaient enfants, et ce pacte tient en une petite comptine d'origine islandaise : « Tu prends mes fautes, je prends ta peine, tu prends ma peine, je prends tes fautes[1]. »

Comme disait Moïse en mettant le point final aux Dix Commandements : tout est dit.

1. þú tekur við göllum mínum, ég tek við vandræðum þínum, þú tekur vandræði mín, ég tek þínum göllum.

34

Sur ce bateau qui nous mène à Tanger, je reconstitue le puzzle de ces dernières semaines. Il ne manque qu'une seule pièce, et c'est une passagère qui se prélasse dans un transat qui va me la donner. Elle est assoupie, la houle est basse, elle tient contre sa poitrine un livre ouvert, je me rapproche pour en lire le titre, il s'agit bien sûr du roman d'Hermann Bloch : *Sauf preuve du contraire, une flèche n'atteint jamais sa cible*. Incroyable ! Quelqu'un a choisi de lire le livre d'Hermann Bloch sur le pont supérieur de l'« Hermann Bloch », est-ce une minable provocation divine ? Je ne saurais dire. Ma lectrice se réveille, et croise mon regard importun. Je me présente, elle ne connaît pas mon nom, elle n'écoute plus les radios généralistes depuis qu'elle a repris le Qi Kong. Je lui demande ce que raconte le livre qu'elle lit ? Et si ce livre lui plaît ? Elle n'en est qu'à la moitié, mais elle aime beaucoup. Il y a du style, elle dit, du chien même, elle me confirme que l'auteur du livre n'a rien à voir avec le nom du bateau. Je veux en savoir plus.

— C'est une histoire toute simple, un conte. Il y a une femme et un homme, mais ce pourrait être deux femmes, ou deux hommes. On comprend qu'ils se sont perdus de vue, il y a très longtemps. Se sont-ils aimés ?

— On ne sait pas ?

— Non. On les suit parallèlement dans leur quête. Un chapitre avec lui, un avec elle, comme une partie de ping-pong jouée au ralenti. Un tricot judicieux. On imagine qu'ils vont se recroiser un jour. J'en suis là. J'espère juste que ça ne finira pas comme dans le *Docteur Jivago*.

— J'aime beaucoup ce film. La fin, bien sûr, est très triste.

— Triste à mourir, mais logique. Je me suis endormie au moment où elle retrouve une vieille photo de lui, et où elle se demande d'où elle connaît ce garçon dont le visage ne lui est pas inconnu. Elle penche pour un cousin, à moins que ce soit un ancien camarade de classe, ou le grand frère secrètement aimé d'une amie. Si je me suis endormie à ce moment-là, c'est drôle, c'est que moi aussi j'ai perdu quelqu'un de vue.

— Ce livre a été écrit pour vous, on dirait.

— C'est le pouvoir étrange de certains livres. Je vais faire durer le plaisir jusqu'à notre arrivée à Tanger. J'imagine qu'il y a une chute.

— Vous allez faire quoi à Tanger ?

— Tenter de retrouver cette personne justement, celle que j'ai perdue de vue. Comme dit ce slameur dont le nom m'échappe : « Tanger n'est pas sans danger. »

Elle me montre la photo du disparu, c'est un petit garçon d'une dizaine d'années en costume folklorique breton, son sourire forcé témoigne d'une douleur muette : le costume en laine le gratte. Mise en scène parodique ou souvenir authentique, difficile à dire.

— Cette photo a été prise à Bénodet en 1972.

Certaines précisions bien qu'inutiles font tout de même du bien. Pour finir, je l'interroge sur le titre du roman : « Sauf preuve du contraire, une flèche n'atteint jamais sa cible », ce qu'elle en comprend, ce qu'elle en tire comme enseignement. Ne le trouve-t-elle pas un peu abscons ? Elle me sourit avec indulgence, comme si j'étais le dernier des imbéciles.

— C'est très simple aussi, ça veut dire qu'il faut vivre sa vie. Ni plus, ni moins ce qu'on appelle avec dédain un cliché.

— Et écrire chaque jour comme la nouvelle page d'un livre où tout peut arriver.

— Oui. C'est une phrase gigogne, d'ailleurs vous pouvez remplacer « flèche » ou « cible » par n'importe quel autre mot, ça marche, ça ne change rien au fond du problème.

— C'est quoi le fond du problème, justement ?

Il y a des cris un peu plus loin sur le pont.

— Regardez ! Là ! Un couple de dauphins.

Et les gens se précipitent et s'extasient comme des enfants le soir de Noël. Pourtant, croiser des dauphins en pleine mer, c'est comme croiser des pigeons place Saint Marc ou des écureuils à Central Park.

— Le fond du problème, c'est peut-être qu'il faut arrêter de se raconter des histoires. Et faire de sa vie une flèche qu'on tire une fois pour toutes.

Quand les côtes de Tanger se profilent à l'horizon, les services postaux de la Compagnie Maritime me font passer un mail qui m'est destiné. C'est une alerte de ma banque qui m'annonce qu'un virement bancaire a été crédité sur mon compte, il provient de mon analyste jungien, un chiffre s'affiche en bas du relevé :

53 800 euros

53 800 euros qui correspondent à 1 076 séances à 50 euros. Les leçons de Charlie, l'Arménienne de Fabrizzi, sont un cadeau du ciel.

53 800 qui se décompose en
5 + 3 + 8 + 0 + 0 = 16

Quand les chiffres parlent, tout le monde les écoute.

1 + 6 = 7

Sept ! Les sept années que durera notre histoire d'amour à Tanger. Sept années en forme de comète, comète qui un jour brillera dans notre « firmament ». L'expression la fera sourire. Évidemment, Renée baptisera ces sept ans autrement, « histoire d'amour » n'est pas dans son vocabulaire, elle préférera la laideur de « phase » ou l'anodin « cycle », un cycle dont nous serions tous les deux une des roues. Puis, c'est à Sète, encore sept, que nous nous sommes mariés, elle et moi, et contrairement à toutes les promesses – juré, craché – faites, nous avons dit « oui », puis « oui » à la deuxième adjointe au maire qui nous déclara ensuite avec des larmes dans les yeux :

— Vous êtes sans doute le couple le mieux assorti que j'ai été amenée à marier de toute ma carrière de deuxième adjointe.

Tout est relatif mais une fille en sous-location avec un ancien éditorialiste politique, ça ne peut que marcher.

— Suffisait juste de déblayer le terrain, a conclu Renée en souriant gentiment.

Ce que nous avons fait.

Et elle a glissé sa main dans la mienne, et pas un jour ne se passe depuis, sans qu'elle refasse ce geste dont aucun ancêtre ou aïeul ne s'est à ce jour déclaré.

Des nouvelles du baron et de Myrtille Poisson ? De loin en loin. Le bouquin de Renée est toujours en gestation. Ses exercices sont maintenant au nombre de cent, un chiffre idéal, comme les cent gifles de Nitch. Renée a enfin trouvé un sens à notre vie. Ah oui, j'ai reçu un mot de mon analyste jungien, quelques temps après notre arrivée à Tanger :

— Finalement, je préfère que vous l'appreniez par moi, c'est plus déontologique, c'est votre père, votre papa, qui a repris vos créneaux horaires. Il s'en veut tellement de la gifle qu'il vous a donnée quand vous aviez quatre ans qu'il veut réparer. La réparation, voilà bien notre fonds de commerce à nous les psychanalystes vivants. Ça part de bons sentiments, et les bons sentiments sont pavés d'enfers. Il y a du boulot, donc. La boucle est bouclée, ne trouvez-vous pas ? Un père qui reprend l'analyse de son fils, quelle ironie encore. En tout cas, pour moi qui souhaite finir ma carrière en beauté, c'est une aubaine. Bien sûr, quand mon livre sera terminé, vous aurez droit à un exemplaire dédicacé. J'ai déjà le titre : *La conjuration des pulsions négatives.*

Jamais, je ne reçus d'exemplaire, dédicacé ou pas, les psychanalystes n'ont qu'une parole, et le mien avait déjà tant usé la sienne.

Un soir de ce même été, revenant sur cette période, Renée m'a demandé quelle conséquence avait eue sur moi la fameuse gifle de Nitch. Mon père disait : « Prendre une bonne gifle, ça n'a jamais fait de mal à personne. » Mais moi qui avais tant questionné l'intention première de ce geste, j'en avais oublié de me poser cette simple question : que m'avait-elle appris sur moi que je ne connaissais déjà ? Je ne savais pas. Comme Renée insistait, je lui dis que cette gifle, soixante-huitième du nom, m'était toujours aussi énigmatique mais qu'elle avait éveillé en moi un sentiment nouveau, ce sentiment qui avait tant manqué à ma chère Maman : la rage de vivre.

L'été suivant, j'ai fini par lire le livre d'Hermann Bloch, la passagère l'avait oublié sur son transat, écorné à la moitié, preuve qu'elle ne l'avait pas lu jusqu'au bout. Ce fut une lecture assez laborieuse en fait, et pas un instant je n'ai goûté ce style, ce chien, vanté par ma voyageuse adepte du Qi Kong, sans doute parce que les allégories m'ont toujours ennuyé, tant leur morale est visible comme un nez d'alcoolique au milieu d'un visage de chérubin. Ces histoires de retrouvailles sans cesse repoussées ont été une tannée pour moi, et pour finir : pas de chute, juste une fin ouverte comme les aiment les demis de mêlée de rugby. Alors, s'il y a une leçon à tirer de tout ça, me dis-je sur le moment avec un brin de condescendance, c'est que les philosophes devraient sans doute le rester, comme les verres à pied, à pied.

Quelle erreur, Jérémie Soldatini !

Car sitôt le livre refermé, j'eus comme une révélation : ma mère avait lu et relu ce livre, c'était l'évidence, elle en avait mâché et remâché chaque mot, puisqu'il racontait l'histoire de son mariage raté avec mon père, et de leurs retrouvailles à jamais remises. Morale de l'histoire : la lingerie féminine est une branche à déconseiller aux couples mal assortis. J'entrepris alors de relire le livre, et cette fois-ci, c'est entre ses lignes qu'il s'ouvrit à moi, me chuchotant combien l'amour peut être d'une souffrance inouïe, et combien ma mère avait vu sa vie défiler dans ce livre prémonitoire. Mon père m'avoua bien plus tard qu'elle n'était pas morte, comme je l'avais toujours cru, en lisant *L'Étranger* de Camus – « Aujourd'hui, maman est morte. Ou peut-être hier je ne sais pas… » – mais en déchiffrant pour la nième fois *Sauf preuve contraire, une flèche n'atteint jamais sa cible*, le roman unique de Bloch, comme pour y chercher un soulagement à son mal que, même entre les lignes, elle ne trouva pas.

— Lacan dit qu'aimer c'est offrir à quelqu'un qui n'en veut pas quelque chose que l'on n'a pas. Moi je dis, Papa, Lacan n'a rien compris à l'amour : aimer, c'est construire brique après brique…

— Un mausolée ?

— Non : sa maison. Et Maman, c'était quoi sa définition de l'amour ?

— Mystère.

— Et boule de gomme surtout.

Les livres ne peuvent pas tout, et sauf preuve du contraire, une flèche n'atteint jamais sa cible, une gifle parfois. Mais la preuve du contraire tarde toujours à venir, et une vie entière suffit rarement à combler cette attente. À moins que… À moins que cette passagère ne fût l'ange de ma mère, la plus curieuse de toutes les mésanges.

35

Quoi qu'en dise la revue *Sphères*, l'enterrement d'Hervé Dejaembe fut un événement mémorable, la taille de son cercueil aussi. Myrtille Poisson alias Mme Hélène Dejaembe fit en sorte que l'œuvre de son mari – qu'elle qualifia dans son discours d'œuvre en pointillé – soit fêtée comme il se doit, et les quelque cent cinquante « auteurs » et « autrices » qui avaient bénéficié à titre divers de la plume du baron furent invités au funérarium. Au total, ce furent près de trois cents personnes qui se pressèrent dans la chapelle du Père Lachaise pour honorer sa svelte mémoire. Hervé Dejaembe n'était plus le seul homme au monde ballotté par les larmes car derrière ma rage, digue plus fragile qu'elle ne prétend être, ce jour-là, le chagrin et ses piscines entières de sanglots réduisirent mon quant-à-soi à néant. Myrtille reconnut là les larmes d'un homme véritable et me pardonna ma trahison, et ma gentille ironie, risible pin's accroché à ma boutonnière, profita du flot pour se dissoudre, et plus jamais on n'entendit parler d'elle. Myrtille avait convié qui voulait à dire quelques mots en fin de cérémonie, une nuit blanche accoucha de ceci.

Mais avant, je dois avouer ce que j'ai finalement fait des 53 800 euros de mon jungien. Dans un premier temps, je les convertis en monnaie de papier que je répartis dans plusieurs enveloppes Kraft dont je tapissai le fond d'une valise. La question se posait : que faire de cet argent ? Le dilapider sans compter m'aurait donné l'impression de brader mes névroses au risque de contaminer mon entourage. Le donner à un pauvre tiré au sort aurait pu être la solution mais après un échange avec Pat j'en conclus que psychanalyse et altruiste ne font pas bon ménage. Alors, comme cette somme me brûlait les doigts, je fis glisser, enveloppe après enveloppe, les 53 800 euros de mon jungien dans la Seine, les laissant rejoindre le fond du fleuve, et disparaître dans cette vase centenaire que je jugeai digne métaphore de mon inconscient.

Myrtille m'invita à rejoindre le pupitre. Balthazar avait tenu son auditoire avec son débit républicain, faisant l'éloge d'Hervé Dejaembe en trois points : esprit, rondeur et imagination, je pris timidement sa suite. On me regardait. Je sortis les douze feuillets que j'avais pondus pendant la nuit, mais mes mots s'embrouillèrent aussitôt, et rien ne put être sauvé de cette confiture. Même Renée, gênée de ma confusion, détourna le regard. Pour finir, je dis, sans hausser la voix, mais avec suffisamment de sincérité pour faire vibrer mon profond désarroi :

— Il n'y en avait pas deux comme lui.

Et je fis mouche. Quantité d'yeux s'humidifièrent, j'avais résumé leur pensée secrète. Le baron Dejaembe fut incinéré dans sa chemise orange, et la mienne, dix ans plus tard, est toujours suspendue dans mon armoire. Je la garde pour les grands jours.

REMERCIEMENTS

Je voudrais ici remercier mes premières lectrices et lecteurs, celles et ceux qui m'ont encouragé avec ferveur, mais sans complaisance aucune, certains égratignant parfois mon petit cuir si fragile. Ils m'ont donné l'élan d'aller au bout de cette aventure : Laurent Bénégui, le premier à avoir dégainer, et puis aussi Stéphane Ferret, Gaëlle Macé, Nathalie Herzberg, Pascal Bouvet, Annie Tromeur, Renaud Cohen et, bien sûr, Bethsabée Dreyfus, dont la présence chaque jour fut pour moi comme un rayon de soleil sur une page blanche.

Merci à Delphine de Vigan pour son aide précieuse, mais aussi à Nathalie Kuperman et Julien Bouissoux.

Enfin, un grand merci à Véronique Cardi et à Jeanne Morosoff, qui m'ont accueilli avec enthousiasme et gentillesse. Elles m'ont offert par leur attention et leurs conseils justes et pertinents les moyens d'améliorer mon texte, encore et encore.

Une pensée émue pour Sólveig Anspach, *Sólveig min*, j'aurais tant aimé qu'elle puisse me lire. J'imagine parfois son coup de fil tendre et amical : *Allô, Jean-Luc, qu'est-ce que j'apprends, tu as écrit un roman…*

CET OUVRAGE A ÉTÉ COMPOSÉ PAR NORD COMPO
ET ACHEVÉ D'IMPRIMER
PAR CPI FIRMIN DIDOT
POUR LE COMPTE DES ÉDITIONS J.-C. LATTÈS
17, RUE JACOB, 75006 PARIS
EN FÉVRIER 2022

N° d'édition : 01 – N° d'impression : 167968
Dépôt légal : avril 2022
Imprimé en France